2022 신춘문예
희곡 당선 작품집

2022 신춘문예 희곡 당선 작품집

초판 1쇄 발행 2022년 1월 25일
초판 2쇄 발행 2023년 2월 15일

지은이 이예찬, 구지수, 김미리, 이도경, 김마딘, 황수아, 차수자, 조은주, 신영은
펴낸이 박성복
펴낸곳 도서출판 월인
주소 01047 서울특별시 강북구 노해로25길 61
등록 1998년 5월 4일 제6-0364호
전화 (02) 912-5000
팩스 (02) 900-5036
홈페이지 www.worin.net
전자우편 worinnet@hanmail.net

ⓒ 이예찬, 구지수, 김미리, 이도경, 김마딘, 황수아, 차수자, 조은주, 신영은, 2022

ISBN 978-89-8477-713-2 03810

값은 뒤표지에 있습니다.

2022 신춘문예
희곡 당선 작품집

도서
출판 월인

차 례

경상일보 희곡 부문 당선작

집주인

■

이예찬

1996년 경기도 용인 출생
한서대학교 미디어문예창작학과 졸업

등장인물

남자1: 40대 남

남자2: 20대 남

남자3: 70대 남

여자: 40대 여

아이1

아이2

무대는 오른편과 왼편이 구분되어 있다. 오른편은 도둑들의 장소. 왼편은 우주 어린이 연극단원들의 장소. 오른편은 집이다. 현관문이 있고, 현관문을 지나면 거실이 있다. 거실에는 소파와 벽걸이 TV, 탁자 등이 놓여 있다. 거실 뒤편으로 부엌이 보인다. 부엌에는 식탁과 의자들. 찻장, 냉장고 등이 보인다. 더 지나면 안쪽 방으로 향하는 문과 화장실 문이 보인다. 2층으로 올라가는 계단이 있다. 2층은 보이지 않는다. 왼편은 무대 안의 무대 구성이다. 오른편보다 면적이 좁아도 괜찮다. 검붉은 고전적인 암막 커튼으로 막을 닫았다가 열었다가 할 수 있다. 왼편의 무대 구성은 이야기별로 바뀐다.

왼편의 무대 안의 무대는 암막 커튼이 쳐져 있다. 오른편의 무대만 조명이 들어와 있다. 회사원 복장의 남자1이 거리를 걸어간다. 현관을 지나쳤다가 잠시 멈춰서 두리번거린 후 몸을 돌려 다시 현관으로 다가간다. 현관문에 귀를 대고 소리를 듣는다. 현관문에 걸려있는 우유 주머니를 뒤진다. 현관문 앞에 장식된 화분들도 모두 들었다가 놓는다. 마침내 현관문 아래에 깔려있는 카펫에서 열쇠를 찾는다. 현관문을 열고 들어간다. 집을 뒤지기 시작한다. 꼼꼼하게 뒤진다. 2층 계단도 올라갔다 내려온다. 지쳐서 거실 소파에 쓰러지듯 앉는다. 그때, 거리에서 남자2가 등장한다. 추리닝 차림에 바이크 헬멧을 쓰고 있다. 남자2도 남자1과 같은 행동을 한다. 열쇠를 찾지 못하고 현관문 손잡이를 잡아본다. 문이 열려 있다는 사실을 알고 들어온다. 둘이 만난다.

남자1 (소파에서 벌떡 일어나며) 누구야!
남자2 누구야!

침묵.

남자1   난 여기 집주인이다!

남자2   무슨 소리야! 내가 이 집 아들인데!

　　　　침묵.

남자1   (한숨을 쉬며 다시 소파에 앉는다) 들어와. 너도 도인이냐? 몇 년 차
　　　　야?

남자2   (주춤거리며) 예? 그게 무슨……

남자1   뭐야? 초짜야? 너도 도둑이냐고. 좀도둑.

남자2   그럼… 아저씨도?

남자1   그래 인마. 여기 정말 허탕이야. 겉만 번지르르한 것들이 요즘
　　　　너무 늘어서 도무지 감이 안 잡힌다니까? (사이) 뭐해? 여기 앉
　　　　아. (소파를 가리킨다)

　　　　남자2. 주춤주춤 걸어 들어온다. 신발을 현관에 벗는다. 소파에 다가가
　　　　남자1과 최대한 떨어져서 앉는다.

　　　　침묵.

남자1   (남자2의 발을 보고) 뭐야? 신발 벗었어? 그러다 뛰어야 할 때 어
　　　　떡하게? 얼른 가서 신발 신고 와.

남자2   그래도… 남의 집인데요?

남자1   허, 참. 젊은 친구 순진하네. 남의 집이니까 신어도 되는 거지.
　　　　우리 집이었으면 나도 신발 벗었어.

　　　　남자2. 현관에서 신발을 신고 다시 소파에 앉는다.

남자1 아까 보니까 순간적으로 공갈 잘 치던데? 하는 짓은 영 초짜인데… 어디 연극배우 출신이야?

남자2 아, 아니요. 중학교 때는 연극부였는데 관뒀어요.

남자1 왜?

남자2 먹고살아야죠. (바이크 헬멧을 두드리며) 라이더가 연극배우보다 빠르잖아요? 빨라야 먹고사는 거죠. 요즘 사람들은 집 밖으로 안 나가려고 해서 퀵 서비스나 택배 없으면 못 살죠.

남자1 뭐야. 퀵이야? 근데 왜 도인이 됐데?

남자2 사정이 좀 있어서요. (사이) 아저씨 근데 여기 정말 빈털터리예요? 밖에서 봤을 때는 집 좋아 보이던데요?

남자1 내가 말했잖아. 안과 밖이 다르다니까? 요즘 대부분이 그래. 옛날처럼 현금이나 금붙이 가지고 있는 집이 얼마나 있겠어? 모두들 인터넷뱅킹을 써서 그래. 나는 도통 그런 게 신용이 안 가던데 말이야. 인터넷 맞고 게임머니처럼 조잡해 보인다고나 할까? 오늘 밤 전 재산이 날아간다고 해도 놀랍지 않지. (집안을 두리번거리고 있는 남자2를 보고) 그렇게 못 믿겠으면 뒤져보든가.

남자2 아, 예.

남자2. 슬쩍 일어나서 집 안을 뒤지고 다닌다. 2층도 다녀온다. 다시 소파에 앉는다.

남자1 어때? 뭐 없지?

남자2 예, 정말 그렇네요. 2층에 큰 세계지도가 있던데 그런 건 돈이 안 되겠지요?

남자1 뭐? 세계지도? 2층에 아무것도 없드만 뭔 세계지도야?

침묵.

남자2 (한숨을 쉬며) 정말 되는 일이 없네요. 아저씨는 언제부터 이 일을 하셨어요?

남자1 나? 5년쯤 됐나? 이쪽에선 나름 오래됐지. 무엇보다 한 번도 학교에 안 들어갔다는데 의의를 두는 거지.

남자2 학교요?

남자1 교도소 말이야. 진정한 의미에서 학교지. 가르침 교(敎)에 훔칠 도(盜)! 어째 교도소만 들어갔다 나오면 훔치는 기술이 늘어서 나온다지? 도가 튼 선생들이 득시글거린다더군. 굴종하는 법을 배우려면 대학을 가야 하고, 인생을 배우려면 교도소를 가야지.

침묵.

남자1 사실 우리 아들도 연극을 해. 유치원에 그런 프로그램이 있다고 하더라고. 조잡한 연극단 같은 거지. 대사를 외우면서 두뇌 개발을 한다는 말에 아내가 홀라당 넘어가 버린 거야.

남자2 가정이 있으셨어요?

남자1 빌어먹을 일이지. 빌어먹다가 안 되니까 이렇게 훔치고 있는 거잖아. 아내는 아직도 내가 작은 무역회사에서 일하는 줄 알아. 월급이 좀 밀리기는 하지만 내 자리가 있는 무역회사를 상상하는 거지. 이 양복 보여? 매일매일 다려준다니까? 그럼 나는 매일매일 구겨야 해. 다음 날이면 아내가 다시 다려야 하거든. 일주일에 한 번씩은 소주도 좀 뿌려줘야 해. 나보다 이 양복이 고생이지.

12

침묵.

남자2   저는 부모님이 없어요. 있다면 수녀님이 있었죠. 수녀님은 좋았지만 성모 마리아는 싫었어요. 미사 때 머리를 숙여야 했거든요. 제게 빵을 나눠주는 사람은 수녀님이었는데, 감사 인사는 모두 성모 마리아가 받더군요. 저는 그게 너무 이상하게 보였어요.

남자1   성당에 다녔나?

남자2   성당이 집이었죠. 명절이나 기념일에는 편지를 쓰고 사진을 찍었어요. 군인 아저씨 나라를 지켜주셔서 감사합니다. 독지가 선생님 감사합니다. 덕분에 오늘 맛있는 빵을 먹었습니다. 그리고 성당 앞뜰에 모여 웃으면서 사진을 찍죠. 그런 사진이라도 보내줘야 다시금 빵이라도 얻어먹을 수 있었거든요. 일회용 사진기를 들고 애들을 향해 김치! 하고 외치는 수녀님의 모습은…… 뭐, 그런 곳에 신이 있었다니 놀라운 일이었죠.

남자1   나는 그런 이야기를 들으면 언제나 예수가 생각나. 최고의 금수저 아닌가? 신의 아들이니 말이야. 나중엔 상속세도 없이 천국을 이어받던데?

남자2   저와는 정 반대네요.

침묵.

남자1   이제 그만 그 헬멧 좀 벗어봐.

남자2   사양할게요.

침묵.

도둑들의 장소 서서히 암전. 우주 어린이 연극단의 장소 명전. 암막 커튼을 두 아이가 연다. 등 뒤에 빨간 보자기를 매단 아이1이 쓰레기통에 박혀 있는 장난감 칼을 뽑는다.

아이1   내가 바위의 검을 뽑았다!
아이2   (무릎을 꿇으며) 선택받은 브리튼의 왕님!

침묵.

아이1   (장난감 칼을 다시 쓰레기통에 넣으며) 그게 아니라니까? 전지전능하고 태어날 때부터 브리튼의 왕이 될 운명이며, 요정들의 축복을 받았고, 패배하지 않는 기사이며, 원탁의 기사들의 충성을 서약받은 위대한 아서왕이시여! 잖아. 너는 왜 이렇게 대사를 못 외우니?
아이2   (일어나며) 그럼 나도 아서왕 할래. 왜 너만 아서왕이야?
아이1   바보야. 아서왕은 한 명인데 어떻게 같이해. 너는 시민이야.
아이2   왜 아서왕이 한 명인데. 그냥 여러 명으로 하자. 내가 바위의 검을 뽑았다! 나도 이 대사 하고 싶어.

침묵.

아이1   아서왕이 아니면 바위의 검은 뽑을 수 없거든? 아서왕은 선택받은 사람이야. 내가 아서왕이거든?
아이2   뭐래. 쓰레기통에서 칼 뽑는 거면서.
아이1   너 선생님한테 이른다? 내가 아서왕이라니까?
아이2   일러라? 나도 아서왕 할 거다 뭐!

침묵.

아이1 그럼 너는 멀린을 시켜줄게.

아이2 멀린이 뭐야?

아이1 멀린은 마법사야. 지팡이를 들고 다녀.

아이2 그럼 할아버지야? 난 할아버지는 싫어. 안 해! 우리 엄마가 할아버지한테 늙으면 잘 죽어야 한다고 했단 말이야. 칠팔월에 죽어서 땡볕에 자식들 고생시키지 말라고 했단 말이야.

침묵.

아이1 아이 참! 멀린은 위대한 마법사야. 사람들을 잠재울 수 있고, 변신할 수 있고, 거대한 물건을 움직일 수 있어!

아이2 아! 그럼 멀린은 정치인이구나?

아이1 정치인이 뭔데?

아이2 혼자 떠들어서 사람들을 재우고, 막 말을 바꾸면서 변신하고, 자기가 거대한 무언가를 움직일 수 있다고 생각하는 사람이야. 우리 아빠가 말해줬어.

아이1 너 자꾸 이럴래? 네가 계속 쓸데없는 소리를 하니까 선생님이 아서왕을 안 시켜주는 거야.

아이2 쓸데없지 않아! 우리 아빠는 무역회사에서 일해! 그건 굉장히 어려운 일이야!

침묵.

아이1 어쨌든 멀린은 굉장히 중요한 사람이야. 네가 멀린을 해. 내가

아서왕을 할게. 멀린은 예언자이기도 해. 멀린이 아서왕의 앞
날을 예언해 주는 거야.

아이2   예언자라고? 그럼 내가 예언해도 돼?

아이1   그래. 좋아.

아이2   (멀린의 목소리 흉내) 아서, 네가 바위의 검을 뽑게 될 운명이었
듯, 너는 아내와 친구에게 배신을 당해서 죽게 될 운명이야. 모
든 건 운명이지!

침묵.

우주 어린이 연극단의 장소 암전. 아이들이 암막 커튼을 닫는다. 천천히
불이 들어오는 도둑들의 장소.

술에 취한 남자3 등장. 비틀거리며 길을 걷는다. 현관문 옆에서 오줌을
갈기고, 트림을 한 다음 현관문을 열고 들어온다. 남자 1, 2를 본다.

남자3   너희들 누구야! 내 집에서 뭐 하는 짓거리야!

남자1   젠장! 튀어!

남자2   어디, 어디로요?

남자3   동작 그마안!

남자1, 남자2 멈춘다. 남자3 신발을 벗고 소파에 앉는다.

남자3   (지휘자처럼 두 팔을 휘청거리며) 지금 당장 신발을 벗고, 집주인에
게 갖춰야 할 예의를 갖춰서 나를 대하도록 해! 그렇지 않으면
너희들 인생에 빨간 줄 하나씩 새겨서 끝내는 오선지를 만들어

버릴 줄 알아! 그 오선지 끝에는 도돌이표가 있는 놈으로 말이야! 이 주변에 CCTV가 몇 대나 있는 줄 알아? 너희들은 모르겠지만, 이 집 안 구석구석에도 내가 홈캠을 설치해 놨다고! 도망칠 거면 도망쳐봐! 그 순간 혼쭐날 줄 알아!

남자1   아이고 영감님! 한 번만 눈감아 주셔요. 아무것도 훔치지 않았어요! 저는 작은 무역회사를 다니는 사람인데, 카탈로그 하나 들고 방문 판매 온 겁니다.

남자2   한 번만 봐주세요! 저는 퀵 알바를 하는 대학생인데, 물건 배달 때문에 들어온 겁니다.

남자3   헛소리 말고 당장 신발을 벗고 다시 들어와! 내가 어린이집에서 연극을 가리키는 사람이야! 파트타임 강사지만, 진실과 거짓은 충분히 구별할 수 있지! 빨리 신발 안 벗어?

침묵.

남자1, 2 현관에 신발을 벗고 다시 들어온다. 남자3, 소파에 손짓한다. 남자1, 2 소파에 앉는다.

남자3   (소파에서 일어나 찻장으로 비틀거리며 걸어간다) 끄으, 그러니까 너희들이 성실한 손님들이라고? 물론 나는 믿지 않지만, 그렇게 얘기하니 대접하지 못할 것도 없지. 그러니까 집주인으로서 말이야. 의무가 있는 거거든. 찾아오는 손님들에게 박하게 대하면 안 된다는 성경의 낡은 교훈을 새삼 상기시킬 것도 없이 말이야.

남자3. 찻장으로 가서 찻장 속에 있는 위스키, 진, 보드카, 럼, 브랜디, 테킬라 등 술병을 차례로 탁자 위에 늘어놓는다. 끝으로 하이볼 글라스 세 잔을 가져와 탁자 위에 올려놓는다.

남자3 솔직히 나는 오래도록 이날을 기다려 왔어. 일을 끝낸 다음 한 잔 걸치고 집으로 돌아왔는데, 집에서도 같이 마실 수 있는 사람들이 나를 기다리고 있는 거지. (술잔을 채운다) 자, 한 잔씩 들어. 너희들이 내 집에 멋대로 들어왔으니 그 벌주로 치자고.

남자1 (술잔을 들며) 좋아요. 어차피 슬슬 양복에 술을 뿌려야 할 때가 다가왔는데, 오늘로 하는 거죠. 얼음은 없나요? 저는 온더록스를 좋아하는데요?

남자3 (격분하며) 뭐! 술에 물을 타 먹는다고? 그게 어디서 배워먹은 술버릇이야? 나는 그런 것을 정말 싫어해! 증오한다고까지 말할 수 있어! 술에 물을 타 먹는 것들, 리큐르를 섞어서 칵테일을 만들어 먹는 것들, 그 자체로 만족하지 못하는 것들, 그런 모든 희석된 것들을 말이야! (벌떡 일어나 비극 배우처럼) 타협적이고, 상업적이며, 예술을 더럽히고, 흰색보다는 검은색을 좋아하고, 인간은 사회적인 동물이라고 생각하며, 모든 평가에 예민한 귀를 가지고 안절부절못하는 당나귀며, 이미 만들어진 길은 길이라고 불릴 자격이 없음을 알지 못하고, 바다를 항해할 때는 나침반이 필요하다고 생각하며, 돈에 굴복하고, 명예의 노예며, 흐리멍덩한 정신으로 가장 순수했던 시절의 일을 기억하지 못해, 자기 무덤도 찾아가지 못하는 늙은 코끼리 같은 것들!

남자2 (헬멧 바이저를 열고 재빨리 한잔 마시고 다시 닫는다. 위스키병을 자세히 살펴보며) 블렌디드 스카치위스키. 이것도 섞이고 희석된 건데요?

침묵.

도둑들의 장소 서서히 암전. 우주 어린이 연극단의 장소 명전. 암막 커튼을 두 아이가 연다. 아이1 검은 옷을 입고, 개미 머리띠를 하고 의자에 앉는다. 아이2 녹색 옷을 입고, 베짱이 머리띠를 하고 바이올린을 들고 자세를 잡는다. 아이2가 자신의 발아래에 있는 카세트테이프를 작동시킨다. 바흐 파르티타 3번 가보트와 론도가 흘러나오고 아이2는 자신이 바이올린을 켜는 척을 한다. 노래가 어느 정도 진행되었을 때.

아이1 그만! 바이올린은 이제 지겨워! 베짱아, 춤춰봐.
아이2 (카세트를 멈추지 않고 바이올린만 내려놓는다) 예, 개미님. 무슨 춤을 출까요?
아이1 탭댄스!

아이2, 탭댄스를 춘다.

아이1 훌라!

아이2, 훌라춤을 춘다.

아이1 룸바!

아이2, 룸바를 춘다.

아이1 살사!

아이2, 살사댄스를 춘다.

아이1 발레! 아라베스크!

아이2, 아라베스크 자세를 취하려다 넘어진다.

아이1 일어나! 개다리 춤!

아이2, 일어나서 개다리 춤을 춘다.

아이1 그만! 잘했어. 내일도 우리 집에서 재워주고 먹여주지.
아이2 (카세트를 끈다) 감사합니다. 개미님! 개미님 덕분에 오늘도 먹고
살 수 있습니다. 저의 입은 개미님을 찬양하기 위해 존재하고,
저의 두 손은 개미님께 아름다운 연주를 해 드리기 위해 존재
합니다.
아이1 쯧, 쯧, 베짱아, 베짱아. 여름날의 그 용기는 다 어디 갔니? 위
대한 예술가 흉내를 내던 베짱이가 겨울이 되니 아무짝에 쓸모
없는 광대가 되었구나.
아이2 (비굴하게) 예, 개미님. 예술이란 먹고사는 것 이후의 문제여서
그렇습니다. 여름에는 베토벤이든 바흐든 제 앞에서 멍청한 범
재에 불과하지만 겨울이 되면 풍족한 자산가이신 개미님만이
위대하십니다. 빵이 될 수 없는 모든 것들은 존재하지 않는 것
과 같죠.

침묵.

아이1 (의자에서 일어나며) 후유! 실수 없이 잘했다. 그치?

아이2 (베짱이 머리띠를 벗으며) 왜 맨날 나만 이런 역할이야? 춤추는 거 힘들단 말이야.

아이1 그렇다고 내가 베짱이를 할 수는 없잖아.

아이2 왜 없는데?

아이1 우리 엄마가 맨날 선생님한테 전화하는걸? 이번 부모 참여수업 때 꼭 내가 주인공이어야 한다고 말이야.

아이2 개미가 주인공이야?

침묵.

아이1 다시 한 번만 연습해 보고 이제 쉬자.

아이2 나는 싫어! 애초에 선생님은 요즘 시대를 너무 몰라. 할아버지라서 그런가 봐. 요즘은 노래하고 춤춰서 돈 많이 번단 말이야. 진짜 베짱이가 있다고.

아이1 그런가? 겨울이 오지 않았다는 뜻이겠지? 근데 왜 다들 힘들다고 하는 걸까?

아이2 모두 베짱이가 되고 싶은데, 개미처럼 살아서 그래. 그래서 나중에 진짜 힘든 베짱이를 보면 도와주지는 않고, 욕하고 괴롭히고 싶어지는 걸 거야.

침묵.

아이1 우리 엄마는 나보고 크면 공무원이 되라고 하는데, 너 그게 뭔지 알아?

아이2 공무원? 잘 모르겠지만 숫자가 들어가 있는 걸 보면 계산하는 일이 아닐까?

아이1 숫자가 들어가 있다고?

아이2 응, 공무원이라며? 숫자 공이 들어가 있는 걸 보면 그렇게 좋은 건 아닌 것 같아. 뒤에 있는 무는 한자 시간에 배웠잖아. 없을 무(無)일 거야. 그럼 이것도 영이네. 마지막 원은 영어 같은데? 하나? 일? 이것 역시 그렇게 큰 숫자는 아니야.

아이1 그럼 우리 엄마는 내가 커서 영, 없을 무, 하나가 되길 원한단 말이야? 너희 엄마는 너보고 크면 뭐 하래?

아이2 래퍼나 유튜버

침묵.

우주 어린이 연극단의 장소 암전. 아이들이 암막 커튼을 닫는다. 천천히 불이 들어오는 도둑들의 장소. 모두 취해있다. 흐트러진 차림새.

남자3 내가 어릴 때, 우리 아버지가 말씀하셨지. 칼 한 자루를 날카롭게 벼리라고. 그래서 벼르고 벼렸어. 그리곤 나를 버렸지. 너무 많이 갈아서 모두 닳아 없어져 버렸거든.

남자2 저는 뭐, 좋아서 퀵을 하고 있는 줄 알아요? 모두 거대한 기계의 부품이라는 사실은 그렇다고 쳐도, 톱니바퀴 중에서 마모되면 가장 먼저 갈아 끼우는 그런 톱니바퀴를 누가 좋아하겠어요? 저는 떠나고 싶어요. 오토바이를 타고 전 세계를 여행하고 싶어요.

남자1 믿고 싶지 않은 것을 믿는 데는 큰 용기가 필요한 법이지. 배우의 눈물은 믿을게 못 된다지만 우리 모두 배역을 가지고 살아가지 않나? 나는 지난 5년간 무언가를 안다는 것은 모르는 것이 그만큼 늘어나는 것이라는 사실을 배웠어. 나라고 부끄럽지 않겠나? 다람쥐가 열심히 모아 놓은 도토리를 훔쳐 가는 시궁쥐가 된 것이?

침묵.

남자2 폭풍이 치던 바다. 요나는 배 밑창에 숨어있었어요. 웅크려서 벌벌 떨었어요. 하지만 그게 도대체 무슨 소용이죠? 차라리 갑판에 나가 양동이로 물이라도 빼내야죠. 배 밑창에서 죽음을 기다리라니요? 산 제물이 되라니요? 저는 할 수 없어요.

남자1 나는 어려운 말을 모르는 사람이 되고 싶어. PO니, FOB니, DDP니, 다 헛소리 같아. 한 번도 만나보지 못한 동남아 바이어들 기분이나 맞춰주려고 폼나는 비유나 수식어 따위를 연습하는 것도 지겨워. 나는 뉴스에서 진실과 거짓도 구분하지 못하는 사람이야. 그냥 간단하게, 진실 된 말만 하고 싶어. 슬프다! 그러니 우리 힘내자! 같은 말을 하면서 살고 싶어.

남자3 도대체 훌륭한 극언어란 무엇일까? 보다 이런 것이겠지. 고요한 입술, 삼각 물방울, 정글의 짐승, 자조 모임, 아버지의 머리, 파도 파도 끝이 없는 파도, 즐거운 학문, 노예가 된 산책자, 뜯어 먹히는 목련.

침묵.

남자1 외롭다.
남자2 왜 이럴까?
남자3 외침!

남자1	왜소한 가장
남자2	외람되지만
남자3	왜가리 머리
남자1	외상!
남자2	왜긴 왜야
남자3	외국인 노동자

침묵.

남자3 사실 나도 너희들과 같은 도둑놈일지도 몰라. 인생이란 영원히 남의 집에 들어앉아 있어야 하는 도둑질 같은 것이 아닌가? 마음 널 보금자리 하나 없고, 타인의 행복을 훔쳐 먹으며, 끝내는 자신이 신의 아들이라고 주장하다 못해 아버지와 한 몸이 되었다는 정신병자의 옆자리에 묶여서 그에게 알랑방귀를 꿔어야 할지, 욕을 퍼부어줘야 할지 선택해야 하는 거지.

남자2 당신도 그렇게 생각하세요? 제 모든 고통이 훗날 저의 피와 살이 될 거라고? 그러니까 저 개인의 삶에 역사를 투영해보는 거죠. 인류의 번영이 피와 살로 이루어져 있듯 말이에요. 의학이 나치들이 만들어낸 유태인의 시체를 해부하며 발전하였고, 우주공학이 얼마나 정확하게 미사일을 상대 진영에 날려 보낼 수 있는지에 대한 실험 속에서 발전하였듯, 제가 지금 겪는 이 고통이 앞으로의 보다 나은 삶을 위해서라고 말할 수 있으세요?

남자1 세상은 대비되는 것들로 이루어져 있는 법이지. 예를 들어볼까? 섹스는 가볍지. 그 결과로 태어나는 아기는 무겁고 말이야. 여기서 말을 이어가 보자고. 이렇듯, 태어나 살아간다는 것은 무겁지. 죽는 것이 가벼운 만큼만 말이야. 나도 그래. 무거움과

24

가벼움이 공존하는 거지. 내 인생은 무겁고, 내 존재는 가볍지.

침묵.

남자3　술만 들어가면 항상 우울한 이야기가 나온단 말이야. 나이를 먹어갈수록 더욱 그런 것 같아. 감상적이 되어가는 걸까?

남자2　우울이라. 진짜 우울하다는 것은 감상적인 것이 아니에요. 실제 하는 거예요. 예를 들면 이런 거죠. 장마철 덥고 습한 방 안에서 창문을 열어야 할까 닫아야 할까 고민하는 거 말이에요. 열면 덥고 습한 공기가 들어오고, 열지 않으면 환기가 안 돼서 답답하거든요. 특히 에어컨도 없는 제 반지하는 더 그래요.

남자1　우울이라는 것도 유전되는 거고, 중독되는 거지. 임산부가 오피오이드 마약 중독자라고 생각해봐. 아기를 출산하고 탯줄을 끊는다면, 어머니에게서 공급받던 마약이 끊기고 아기는 금단 증상으로 온몸을 부들부들 떠는 거지. 갓난아기 때부터 부모의 속성을 가진 오피오이드 마약 중독자가 되는 것, 이게 우리들의 우울이라고 생각하지 않아? 태어나기도 전부터 윗세대에게서 내려받고, 우리도 아랫세대를 중독시키는 거지.

남자2　우리 경험하지 못한 이야기는 하지 말도록 해요. 공허하기만 하잖아요.

남자3　그럼 우리는 평생 벙어리로 지내야 해. 도대체 진실로 이 세상을 경험하는 자, 누가 있단 말이야.

침묵.

남자3　너무 공기가 가라앉았어. 환기시켜 볼까? 너희들 모두 이 집을 뒤져 봤겠지? 2층에 올라가 봤나? 그곳에 내가 우주망원경을 가져다 놨었지. 그 속을 들여다보면 북극성이 보일 거야. 한번 볼 텐가?

남자1 무슨 소리예요? 2층엔 아무것도 없드만.

남자2 아니요. 2층에는 세계지도가 있다니까요?

침묵.

남자3 2층은 됐어. 현실적인 이야기를 해보자고. 그러니까 직업에 대해서 말이야. (남자1을 가리키며) 직업이 뭐라고 했지?

남자1 무역회사에서 일합니다.

남자3 요즘 무역은 국내 방문 판매도 겸하나?

남자1 언제나 그랬죠. 당신이 상상하는 것이 무엇인지 나도 알아요. 그건 제가 회사에 처음 들어갔을 때 한 상상일 테니 말이죠. 저는 무역이라고 하면 무언가 큰일을 할 줄 알았어요. 그러니까 거물같이 말이에요. 외국 바이어를 만나서 인상을 찡그리고, 계약 후 같이 고급 바에서 즐기는 거죠. 하지만 저를 좀 보세요. 작은 무역회사의 말단은 거래처를 따내기 위해 발로 뛰어야 해요. 허리를 굽신거려야 하고, 손금이 사라질 정도로 손바닥을 비벼야 하는 거죠.

남자3 자네는 그러니까… 세일즈맨이군.

남자2 (취해서 소리 지른) 세일즈맨의 죽음!

침묵.

남자3 고맙네. 교양 있는 친구. 자네 헬멧 좀 벗어봐.

남자2   사양하겠어요.

남자1   저 친구는 연극배우를 꿈꿨던 퀵 배달부에요.

남자3   연극배우라니! 내가 말하지 않았나? 나는 어린이집에서 아이들에게 연극을 가르치고 있지. 자네와 나는 연관성이 있군.

남자2   연극배우가 아니에요. 퀵이라니까요? 퀵 부르면 퀵 가야하고, 퀵 하고 태어나 퀵 하고 죽어버리는 그런 퀵이라고요. 퀵퀵퀵 퀵퀵!

　　　　침묵.

남자3   이건 내 생각인데, 어떤 탐탁지 않은 현실에 낭만성을 뒤집어씌우면 그 문제가 해결되어 보일 때가 있어. 여기서 중요한 것은 해결되는 것이 아니라, 그렇게 보이기만 하면 된다는 거지. 자네들도 그렇게 생각해 보라고. 그러니까 자네가 외판원으로 일하다가 세일즈맨의 죽음 같은 작품을 집필해낸다면, 아서 밀러가 마릴린 먼로와 결혼을 한 것과 동급의 서프라이즈가 자네 인생에 일어날지 누가 아나?

남자1   제발 그런 식의 말은 그만둬요!

남자2   퀵에 무슨 낭만이 있다는 거죠? 하루에 퀵을 수십 건 배달해야 해요. 무엇 하나 제 물건이 없는 거죠. 판매하지도 않고, 구매하지도 않는 언제나 과정일 뿐인 게 바로 저죠. 결말이 없어요.

남자3   그래도 오토바이는 있지 않나.

남자2   할부가 남아있는 거예요.

　　　　침묵.

남자1 들어보니 드론 배송이 연구되고 있다는데?

남자2 그게 완성되는 순간, 모든 라이더들은 끝장나는 거죠. 폭주족이 되거나, 광화문에서 시위를 하거나, 빌어먹을 낭만을 찾으며 가죽 잠바 입고 선글라스 낀 멍청이가 되는 거죠. 그뿐인 줄 알아요? 지하철 퀵 하는 노인네들도 다 손가락만 빨아야 해요.

남자3 노인네들?

남자2 정확하게 말하면 65세 이상 노인네들이죠. 65세 이상이면 지하철 무임승차가 가능하거든요. 그걸 이용해서 지하철 퀵으로 밥 벌어먹고 사는 거죠.

남자1 그쪽도 나름 생태계가 있다는 거군.

남자3 나름 낭만이 있는 세상이야.

남자2 배달대행에 밀려 사라지는 추세지만요.

남자3 그런데 자네, 정말로 헬멧을 벗지 않을 건가?

남자2 사양할게요.

침묵.

도둑들의 장소 서서히 암전. 우주 어린이 연극단의 장소 명전. 암막 커튼을 두 아이가 연다. 아이1, 정장을 입고 있다. 아이2, 빨간 여자아이 원피스를 입고 있다. 아이들은 각자 대본을 들고 있다.

아이2 (손으로 이마를 짚으며) 이제 드디어 여자 역할까지 하게 되었어. (사이) 이건 카멜레온이라기보다는 지점토 같아.

아이1 (대본을 보며) 이거 봐봐. 내가 잘못 읽은 거야? (사이) 셀… 러리… 맨의… 죽음.

아이2 (대본을 보며) 샐러리맨? 야채맨 같은 건가? 슈퍼맨처럼 말이야.

	어떤 영웅이야? 누구를 구해? 텃밭을 구하나?
아이1	(대본을 넘기며) 누구도 구하지 못해. 구하기는커녕 죽는데? 자살하는 것 같아. 보험금을 타내려고 말이야. 자동차 자살이야.
아이2	야채맨이 보험금을 타내기 위해 자동차 자살을 했다고? 그게 뭐야? 명작이라며?

침묵.

아이1	어쨌든 연습하자. 내가 주인공 윌리야. 그리고 너는 여자고, 내 정부야. (사이) 정부가 뭐지?
아이2	난 알아! 아빠가 TV만 보면 정부 욕을 하거든. 정부는 우리나라를 다스리는 거야. 대통령이라고 생각하자!
아이1	그게 뭐야! 나는 야채맨인데! 그게 더 주인공 같잖아? 내가 대통령 할래!
아이2	싫어! 내가 정부야! 얼른 읽어!

침묵.

아이1	(대본을 들고 읽는다. 윌리처럼. 느끼하게) 해주고 싶은 게 한두 가지가 아니오.
아이2	(여자처럼. 교태를 부리며) 나한테요? 이거 봐요, 당신이 날 어떻게 한 게 아니에요. 내가 당신한테 반했죠.
아이1	(기뻐서) 나한테 반했다고?
아이2	모든 외판원이란 외판원은 다 봤지만 당신만 만점이에요. 재미 많이 보지 않았어요?
아이1	그래, 그래. (아이2를 껴안고) 지금 가야만 하나?

아이2 두신데……

아이1 그러지 말고 더 있어요! (아이2를 끈다)

아이2 (아이1을 뿌리치며) 잠깐! 잠깐만! 이게 맞아? 이게 야채맨이 대통령한테 하는 말이야?

침묵.

아이1 (대본을 뒤적이며) 뭔가 잘못되었을 수도 있어.

아이2 다음 이야기는 뭐야?

아이1 그러니까… 내가 너한테 스타킹을 줘.

아이2 야채맨이 대통령한테 스타킹을 준다고?

아이1 맞아. 그리고 내 아내는 스타킹에 난 구멍을 꿰매고 있어. 내가 아내에게 줘야 할 스타킹을 정부에게 선물했거든.

아이2 야채맨이 원래는 아내에게 줄 스타킹을 대통령에게 선물했고, 야채맨의 아내는 구멍 난 스타킹을 꿰매고 있다고? 야채맨은 영웅이 아닌 거야? 아니면 지나치게 영웅적인 거야?

침묵.

아이2 (대본을 던지며) 하지 말자. 뭔가 이상해.

아이1 (대본을 던지며) 그래. 이게 정상일 리 없어.

아이2 (대본을 밟으며) 뭔가 착오가 있는 거야.

아니1 (대본을 밟으며) 거짓말도 정도껏 해야지.

아이2 다음 무대를 준비하자.

침묵.

우주 어린이 연극단의 장소 암전. 아이들이 암막 커튼을 닫는다. 천천히 불이 들어오는 도둑들의 장소. 모두 더욱 취해있다. 흐트러진 차림새. 모두 취해서 지껄인다.

남자2 젠장! 세계여행 가고 싶다! 아! 세계여행 가고 싶다! 도둑질을 해서라도 세계여행 가고 싶다! 누구는 반지하에서 썩고 있는데, 누구는 하늘을 날아서 희희낙락이구나! 빌어먹을 오토바이! 빌어먹을 퀵! 빌어먹을! 빌어먹을! 아, 너무 취했어. 내일 출근 해야 하는데 어떡하지? 이 세상에는 신은 없지만 숙취는 있단 말이야! 빌어먹을! (쓰러진다)

남자1 돈! 돈! 돈! 돈이 필요해! 다른 건 아무것도 필요 없어! 꿈? 꿈꾸 지 말라 해! 집에 가족들이 기다리고 있단 말이야! 벌써 네 달째 소득이 없어! 아침에 양복을 다려주면서 아내가 슬쩍 물어온단 말이야! (아내 흉내) 여보, 그 회사는 어떻게 된 게 네 달이나 임금도 안 주고 부려먹는데요? 씨발! 씨발! 가족들! 내게 그럴만한 힘이 있다면 '가족'이라는 단어를 '가좆'으로 바꿔버리겠어! 가좆같은 것들! 다아 좆같은 것들! (쓰러진다)

남자3 (흥분해서) 나는 한때 잘 나가는 연출가였어! 어린이집에서 애들하고 놀아줄 실력이 아니란 말이야! 예술은 완벽한가 완벽하지 않은가의 문제가 아니야. 예술은 기울일 수 있느냐 없느냐의 문제야! 너무 낡은 것들이 많아! 다 기울여 버려야 해! 셰익스피어도 그래! (일어나며) To Be Or Not To Be!

남자3, 햄릿을 연기한다.

남자3 사느냐 죽느냐, 이것이 문제로다. 어느 쪽이 더 사나이다울까?

가혹한 운명의 화살을 받아도 참고 견딜 것인가? 아니면 밀려드는 재앙을 힘으로 막아 싸워 없앨 것인가? 죽어, 잠든다. 그것뿐이겠지. 잠들어 만사가 끝나 가슴 쓰린 온갖 고뇌와, 육체가 받는 모든 고통이 사라진다면, 그건 바라마지않는 생의 극치. 죽어, 잠을 잔다. 잠이 들면 꿈을 꿀 테지. 그게 걸리는군. 이승의 번뇌를 벗어나 영원의 잠이 들었을 때, 그때 어떤 꿈을 꿀 것인지, 이게 망설임을 준단 말이야. 그러니까 이 끝없는 고통의 인생에 집착이 남는 법. 그렇지만 않다면야 그 누가 이 세상의 사나운 비난의 채찍을 견디며 폭군의 횡포와 세도가의 멸시, 버림받은 사랑의 고민이며 재판의 지연, 관리의 오만, 덕있는 자에게 가해지는 저 소인배들의 불손, 이 모든 것을 참고 견딜 것인가? 한 자루의 단도면 쉽게 끝낼 수 있는 일. 그 누가 이 지루한 인생길을 무거운 짐을 지고 진땀을 뺄 것인가? 다만 한 가지 죽은 뒤의 불안이 남아있으니. 나그네 한 번 가서 돌아온 적 없는 저 미지의 세계, 결심을 망설이게 하는 것도 당연한 노릇이지. 알지도 못하는 저승으로 날아가느니 차라리 현재의 재앙을 받는 게 낫다는 결론, 이러한 조심 때문에 우리는 더 겁쟁이가 되고 결의의 저 생생한 혈색도 우울의 파리한 병색이 그늘져 충천하던 의기도 흐름을 잘못 타 마침내는 실행의 힘을 잃고 마는 것이 고작이 아닌가. 쉿, 어여쁜 오필리아! 숲속의 요정이여, 기도하거들랑 이 몸의 죄도 함께 용서를 빌어 주오. (사이) 봐봐! 너무 길잖아! 요즘 이렇게 하면 다들 잔다고! 요즘은 세 글자도 두 글자로 줄이고, 두 글자도 한 글자로 줄이는 세상이라고! 저 장광설. 마법 같은 한국어는 단 한 문장으로 압축할 수 있지. 햄릿은 이렇게 말하면 족해. (크게 외친다) 이런 씨이발! (사이) 봤어? 모두 들었어? 다 잠들었나? 나만 떠드는 거

야? 대부분의 대사는 이런 씨발!로 끝낼 수 있다고. 다들 알아들었어? (침묵을 느낀다)

긴 침묵.

남자3. 무대를 비틀거리며 걸어 다닌다. 독백.

남자3 (팔을 벌리고 마임) 봐! 난 이게 좋아! 침묵! 침묵만이 완전한 언어라고 할 수 있지! 아무 말도 하지 말라고 하는 게 아니야. 오히려 무슨 말이든 지껄여봐! 하지만 하나 알아야 할 게 있어. 그 말은 말 자체에 힘이 있는 게 아니고, 말 뒤에 찾아오는 침묵에 힘이 있는 거야. 모든 언어는 그것이 사라질 때 아름다워. 시끄럽게 떠들고, 입을 다물어봐. 언어가 지나간 자리를 느끼는 거야. 앞선 언어가 무의미의 공간 속으로 연기처럼 빨려 들어가면, 그 후에 남는 진한 고독을 맛보란 말이야! 평생 살면서 광대마저도 말하기보다 침묵하는 시간이 더 많은데, 왜 그것을 눈여겨보지 않는 거야!

침묵.

남자3 침묵, 침묵, 침묵, 침묵 (손나팔을 귀에 가져다 댄다)

침묵.

남자3 침묵, 침묵, 침묵, 침묵 (손나팔을 귀에 가져다 댄다)

침묵.

남자3 침묵, 침묵, 침묵, 침묵 (손나팔을 귀에 가져다 댄다)

침묵.

남자3 (웃는다) 다들 이게 멍청한 짓이라는 것을 알고 있지? 나는 언제
나 내 주량보다 많은 술을 마시고 나서야 이 사실을 깨달을 수
있어. 그런 내가 권하는데, 술을 마실 때는 주량 이상 마시면
안 돼. 주량 이상 마신다면 미지의 세계로 떠밀린단 말이야. 그
러면 안 돼! 경계선 밖은 떠나는 게 아니야! 떠밀리는 거라고!

침묵.

남자3 비바람에 맞서 싸울 생각을 하기 전에 튼튼한 집을 지으란 말
이야! 자신의 명의로 된 집을 말이야! 이런 머저리들! 어떤 경
계가 있다면 그것을 넘을 생각을 하기 전에 실수로라도 넘어가
지 않도록 자신의 몸을 땅속에 파묻어 버리란 말이야! 너희들
은 공산품이야! 조금이라도 아귀가 안 맞는다면 폐품처리된다
고! 앗! 너! 조심해!

침묵.

남자3 사람들은 그런 걸 못 견뎌 한단 말이야. 그러니까 경계를 허무
는 것을 말이지. (관객석에 다가가 마임을 한다. 관객석과 무대 사이에
벽이 있다. 남자3이 허공에서 문을 연다. 문 여는 소리. 손나팔을 만들고)

안녕하세요. 여러분? 무대를 잘 즐기고 있나요? 저는 남자3입니다. 아, 너무 부담스러워하지 마세요. 극작가가 이렇게 하라고 대본에 적어놔서 저도 어쩔 수 없답니다. 몰입이 깨지고 집중이 안 된다고요? 그거 잘됐네요. Viva Brecht! 제가 남들 몰래 이 극의 결말을 알려드리자면, 정말 뭣도 없어요! 도대체 무슨 그럴듯한 의미들을 기대한 거죠? 순진하기 짝이 없군! 시간이 소중하다면, 화장실이라도 가는 척을 해서 빠져나가는 걸 추천 드립니다. 그리고 영영 돌아오지 말고 변기에 앉아 계세요. 그게 이득이에요. (쓰러진다)

도둑들의 장소 서서히 암전. 우주 어린이 연극단의 장소 명전. 암막 커튼을 두 아이가 연다. 아이1 대본을 들고 있다. 아이2 은박지로 만든 갑옷과 빗자루를 들고 목마에 앉아있다.

아이2 (감격하며) 드디어 내가 주인공이야! 대사도 완벽하게 외워왔다고!

아이1 좋아 내레이션 시작할게. (사이) 옛날 옛날에 라만차 마을에 사는 한 신사가 기사 이야기를 너무 좋아한 나머지 자신이 기사라고 생각하여 스스로 돈키호테라고 이름 붙였습니다. 돈키호테는 소작농인 산초를 시종으로 데리고 무사 수업을 떠났습니다.

아이2 (당당하게) 다들 나를 미치광이 보듯 하는군! 얼마나 타락한 정신들인가! 생각이 제대로 박혀있다면 모두 창을 들고 둘시네 공주를 찾아가야지! 아! 이런! 미치광이들의 눈동자에는 내가 미치광이로 비치는 것인가? 안타까운 사람들. 너희들이 생각하는 제정신이란 착각이며, 경계 밖의 악덕일 뿐이다!

침묵.

아이1   돈키호테는 자신의 사랑하는 말 로시난테를 타고 길을 가던 중 풍차를 거인이라고 생각했습니다. 시종 산초는 돈키호테를 말렸지만 돈키호테는 오히려 산초를 꾸짖었습니다.

아이2   산초! 산초야! 이제 농사를 지어서 정직하게 먹고사는 시대는 끝났다. 씨앗을 심고, 물을 뿌리고, 자연의 축복을 기대하던 그 시대는 그리움의 대상은 될 수 있을지언정 미래가 될 수 없다. 미래는 저기 보이는 거인에게 있는 것이다! 거인을 죽여라! (목마를 타고 달려나간다)

아이1   그렇게 달려나간 돈키호테는 애마 로시난테와 함께 풍차의 날개에 떠받혀 나가떨어졌습니다.

아이2   (목마와 함께 쓰러진다) 마술사 플레톤! 어느새 거인을 풍차로 바꿔놨구나! 하지만 나는 후회하지 않는다. 나는 한 걸음을 떼었기 때문이다.

침묵.

아이1   그렇게 돈키호테는 애마 로시난테와 함께 뇌진탕으로 죽었답니다.

아이2   (벌떡 일어나며) 뭐? 그게 뭐야? 내가 받은 대본에는 둘시네 공주를 찾아갔었는데?

아이1   (대본을 넘기며) 선생님이 어제 수정된 대본을 주셨어. 이게 맞아.

아이2   아무리 그래도 이건 아니지! 너무 허무하잖아!

아이1   잠깐만 기다려봐. 나 마지막 내레이션이 남았단 말이야. (헛기침) 아, 아, 극적인 전개를 기대하는 인간의 나약함이란 끊어내지 못하는 습관의 작용일 뿐입니다. 그럼으로 돈키호테 이야기는 여기서 마무리 짓겠습니다. (고개를 숙인다)

침묵.

아이2 (빗자루를 던지며) 됐어. 나 안 해. 내가 주인공이었는데 이게 뭐야?

아이1 (대본을 넘기며) 다음 연극도 네가 주인공인데? 정말 안 해?

아이2 (기대하며) 뭔데?

아이1 미운 오리새끼에서 미운 오리역이야.

아이2 정말? 나중에 백조가 되는 그 미운 오리?

아이1 (대본을 넘기며) 아니, 여기에서는 자신을 백조라고 착각한 미운 오리야. 정말 진정한 의미에서 미운 오리 이야기야. (사이) 선생님이 여기 이렇게 메모해놨어. (선생님 흉내) 험험, 미운 오리새끼라고 제목 지었으면 미운 오리새끼가 나와야지 백조가 웬 말인가. 아이들이 읽는 동화라고 해서 거짓을 담는 건 비겁한 짓이다.

침묵.

우주 어린이 연극단의 장소 암전. 아이들이 암막 커튼을 닫는다. 천천히 불이 들어오는 도둑들의 장소. 모두 깨어있다. 술이 덜 깼다.

남자1 도둑질이 그렇게 나쁜 것만은 아닐 거야. 아담과 이브도 선악과를 훔쳐 먹고 나서 부끄러움을 느꼈잖아? 그게 중요한 거지.

부끄러움을 느낀다는 것 말이야. 파렴치한 시대에 부끄러움을 느낀다는 것은 쉽지 않은 일이거든.

남자2 오토바이를 타고 다닐 때마다 비싼 외제차가 보이면 속도 내기가 쉽지 않아요. 살짝 긁기만 해도 낭패를 당하는 거죠. 같이 퀵하는 형들은 비싼 차에 치여 죽으면 비싼 천국에 간다고 하는데, 저는 싸구려라도 좋으니 지옥에 가고 싶어요. 제가 죽어서 여행하고 싶은 곳은 잘 꾸며진 관광지 같은 곳이 아니라 현지 로컬들의 장소라고요. 그건 왠지 천국보다는 지옥에 가까울 것 같아요.

남자3 자기 자신에게 만족하지 못할 때 생기는 것이 강박이지. 나는 항상 강박해. 그래서인지는 몰라도 내 연출은 항상 푸대접을 받았어. 나는 자신에 대한 불만족을 항상 대사와 행동에 포함시켰거든. 평론가들은 스토리 속에서 자연스럽게 묻어 나오는 주제를 강조하며 내 연출이 인위적이라고 비판했지. 하지만 그들도 인생을 살아간다기보다 스토리텔링을 살아가는 사람들이었는데 말이야. 만들어진 모든 것들을 보라지. 그곳에 어디 자연스러움이 있던가? 우리들은 호흡마저 부자연스러워.

침묵.

여자가 길을 걸어온다. 현관문을 열고 들어온다.

여자 (놀라며) 당신들! 제 집에서 뭐 하는 거죠?
남자1 당신 집이라고? 그게 무슨 소리야?
여자 제 집이라고요! 제가 보증금을 내고, 세를 내고, 가스비를 내고, 수도세를 내고, 전기 요금을 내는 제 집에서, 제 돈 주고 산 소파에 앉아 제가 구매한 양주를 오렌지 주스 마시듯 들이킨 거예요? 맙소사!

남자1   (남자3에게) 당신, 뭐라고 말 좀 해봐요. 여기 당신 집이잖아요?

남자3   사실… 나도 잘 몰라. 이곳이 우리 집이 아닐 수도 있겠지. 아무튼 나는 너무 취했으니 말이야.

침묵.

여자   (손으로 이마를 짚은 다음 난장판이 된 거실을 둘러본다) 당신들 모두 취했군요! 이게 무슨 일이람! 설마 2층에서 자고 있는 아이를 깨우진 않았겠죠?

남자1   아무것도 없던걸?

남자2   세계지도가 있던데, 혹시 가능하다면 저에게 주실 수 있나요?

남자3   우주망원경의 각도가 비틀려있을지도 모르지. 잠시 시간을 줘. 내가 다시 만져줄 테니 말이야.

침묵.

여자   (양주병들을 치우며) 미치겠군! 이런 주정뱅이들이라니! 얼른 청소하세요! 아침에 제 아들이 이 모습을 본다면 얼마나 놀라겠어요? 내일은 어린이집 부모 참여수업이라고요. 제 아들은 연극에서 주인공 역할을 맡았단 말이에요. 빨리빨리 치워요! 안 그러면 당장 경찰에 신고해서 끌어낼 거예요! 큰일을 만들어 아들을 깨우긴 싫단 말이에요!

남자1   (청소를 시작한다) 상냥하셔라!

남자3   (청소를 시작한다) 한 번만 눈감아 줘. 우리는 도둑놈들이 아니란 말이야. 아니, 이 둘은 도둑놈이 맞을지도 모르지만 적어도 나는 아니야.

남자2   (청소를 시작한다) 무슨 소리예요? 저는 대학생이라고요. 집을 잘못 찾아왔을 뿐이에요.

침묵.

여자   이렇게 어질러 놓다니! 이 집에서 쓸만한 건 모두 긁어서 주머니에 넣은 것은 아니겠죠? 남겨둔 것 하나 없이 모두?

남자1   그럴 리가! 이곳은 정말 허깨비인걸? 집주인이면 그 정도는 아실 텐데?

남자2   정말 별게 없어요. 여행을 가고 싶었는데……

여자   당신은 답답하게 그 꼴이 뭐예요? 헬멧 좀 벗어봐요.

침묵.

모두 하던 일을 멈추고 남자2를 바라본다.

여자   헬멧 좀 벗어보라니까요? 얼굴 좀 보게.

남자2   사양할게요.

침묵.

남자1   집주인이 말하잖아. 헬멧 벗으라니까?

남자2   불가능해요.

침묵.

남자3   빌어먹을! 이제 그만 벗어!

남자2   (움츠러든다) 안돼요!

침묵.

여자   내 요구가 부당했어요? 여긴 내 집이라고요! 헬멧 좀 벗어봐요! 당신 수배범이야?

남자1   너 혼자 그렇게 고고하다는 거야? 우리 같은 놈들이랑은 얼굴도 마주하기 싫다고? 어?

남자3   버르장머리 없는 놈! 헬멧 벗어! 당장 벗어! 내가 벗겨줄까? 설마 너 부끄러움을 느끼는 거야?

남자2   안돼!

남자2. 헬멧을 감싸 쥐고 현관으로 도망치려고 한다. 여자가 막는다. 남자1과 남자3이 달려들어 남자2를 잡는다. 결국 헬멧을 벗긴다. 남자2는 얼굴을 감싸 쥐고 고개를 무릎 아래로 파묻는다. 남자2의 곁을 나머지 세 명이 둘러싸고 있다.

여자   도망칠 수 있을 것 같아?

남자1   (손에 든 헬멧을 던지며) 결국 이렇게 될 거면서. 뭘 숨기려는 거야?

남자3   얼굴을 보여 봐. 부끄러워할 것 없어. 무언가를 훔치진 않았잖아? 괜찮아. 우리도 마찬가지야. 너와 같다니까? 도둑놈이 아니야. 도둑놈이 아니라니까?

남자2 흐느낀다. 무대, 서서히 암전. 남자2의 소리가 줄어든다.

긴 침묵.

완전한 암전.

현관문 열리는 소리. 목소리가 울려 퍼진다.

목소리   다들 제 집에서 뭐 하시는 거죠?

■ **당선소감**

　지면이 주어졌으니, 써야 한다. 우선 팬데믹으로 피해를 입으신 모든 분들께 위로의 말을 전하며 이야기를 시작한다. 특히 공연 연극계를 비롯한 대면 업종에 종사하시는 분들의 상심은 이만저만이 아니실 테다. 내가 뭐라고 이런 말을 하나 싶지만, 그래도 기왕 주어진 지면이지 않은가.

　팬데믹을 포함해 지난 몇 년간 세상이 급격하게 변한 것 같다. 질문들이 쏟아져 나온다. AI와 로봇공학의 발달은 인간을 무용한 존재로 만들 것인가, 아니면 노동으로부터의 자유를 가져다줄 것인가. 기후 위기는 임계점을 넘었는가, 넘지 않았는가. 우주여행에 돈을 써야 하는가, 빈곤 해결에 돈을 써야 하는가. 하루 하루가 고통스러운 불치병 환자들을 위해 질소 자살 캡슐로 존엄사할 수 있는 환경을 조성해야 하는가, 아니면 유전자 가위 기술을 발전시켜 불치병을 정복할 수 있는가. 예술은 쓸모 있는가, 없는가. 등등. 개인이 다루기엔 너무 큰 주제들 같지만, 그래도 기왕 주어진 지면이지 않은가.

　이렇게 지면이 주어진다는 것이, 쉽지 않다는 것을 안다. 그래서 앞으로 지면만 주어진다면, 닥치는 대로 써 볼 생각이다. 이번 지면을 마련해 주신 도서출판 월인과 경상일보, 그리고 심사위원님. 펜에 잉크를 채워주신 오정국, 이만교, 유진월 교수님. 책상과 의자를 마련해 준 가족들과 친구들에게 감사 인사를 전한다.

동아일보 희곡 부문 당선작

뉴 트롤리 딜레마

■

구지수

1996년 광주 출생
서울과학기술대학교 문예창작학과 졸업

등장인물

효인 50대 (소미의 여성 양육자)

소미 20대

다원 (보험사 직원)

배경

자율화 3단계*의 자율주행 자동차가 상용화된 시기.

공간

무대 중앙에 자동차의 좌석으로 보이는 의자들이 놓여 있다.

장면이 병원으로 전환될 때는 운전석과 조수석, 뒷좌석을 간편하게 분리

하여 병원 의자처럼 보이도록 나란히 놓을 수 있다.

---

* 자율화 3단계는 차량이 교통신호와 도로 흐름을 인식해 운전자가 독서 등 다른 활
동을 할 수 있고, 특정 상황에서만 운전자의 개입이 필요한 조건적 자율주행 단계이
다. 핸들에 손을 올리고 전방을 주시하라는 권고 사항이 담긴 안전 운행 가이드라인
만 존재한다. 국토교통부는 2020년 08월 열린 '자율주행차 윤리지침' 공개토론회에서
"내년에 3단계 자율주행차가 국내 출시될 예정"이라고 밝힌 바 있다.

1

어둡고 좁은 국도. 자율주행 중인 차 안의 소미와 효인.
소미는 조수석에 앉아 휴대폰만 들여다보고 효인은 운전석에서 귤을 까고 있다. 관객들은 그 모습을 보고 차량이 자율주행 중임을 쉽게 알 수 있다.

소미   얼마나 남았어?
효인   거의 다 왔어. 할머니한테 전화해.
소미   곧 도착할 건데 뭐 하러.
효인   꼭 위험하게 밤길에 나와계신단 말이야. 들어가 계시라고 전화해.
소미   어차피 들어가 계시라고 해도 기다리실걸. 그냥 할머니 태우고 들어가자.
효인   전화해봐. 뭐 필요한 건 없는지 물어봐서 읍내에서 사 가게.
소미   맨날 없다고 하시잖아.
효인   할머니한테 전화하기 싫어?
소미   싫은 게 아니라 불필요한 전화를 왜 하냐는 거야. 곧 만날 건데. 얼굴 보고 얘기하면 되잖아. 정 걸고 싶으면 엄마가 걸어. 어차피 자율주행이잖아.
효인   곧 도랑 있는 좁은 길로 들어갈 거라 앞에 보고 있을 거야.
소미   (비아냥대며) 그렇게 모범적인 운전을 하시는 분이 왜 차로 고라니를 치셨어요?
효인   너 말 그렇게 할래? 됐다. 됐어. 내가 해야지.

효인은 휴대폰을 찾으려고 몸을 돌려 차 뒷좌석을 뒤적거린다.

효인   (혼잣말로) 고라니 한 번 쳤다고 엄마를 잡아먹으려 드네. 무서워서 살 수가 있나. 이놈의 핸드폰은 어딨는 거야.

그때 소미가 고개를 들고 앞을 바라본다. 그리고 다급하게 효인을 부른다.

소미   엄마! 엄마!
효인   왜?
소미   (큰 소리로) 엄마 차 멈춰!

효인은 뭔가 이상하다는 느낌에 몸을 돌려 앞을 바라본다. 급하게 브레이크를 밟는다. 동시에 둘의 비명소리가 들리며 둔탁한 충돌음이 발생한다.

[충돌이 발생하였습니다. 1시간 전 충돌과 비슷한 강도입니다. 주행을 계속하겠습니까?]

효인은 기계음이 다 끝나기도 전에 시동을 꺼버린다. 차는 멈췄지만 쉽사리 내리지 못한다. 그런 효인을 두고 급하게 뛰어내리는 소미.

소미   할머니!!

암전.

2

병원 수술실 앞 의자. 소미와 효인이 앉아있다.

소미   수술 얼마나 걸린대?

효인은 대답하지 않고 손톱을 물어뜯는다.

소미   내 말 못 들었어?
효인   엄마 머리 아파. 조용히 좀 해.
소미   할머니 돌아가시는 거 아니겠지?
효인   (화를 내며) 그런 소리 좀 하지 마. 안 그래도 불안한데.
소미   왜 자꾸 화를 내?

다원 등장. 멀끔한 정장을 입고 두 사람에게 다가온다.
둘은 인기척도 느끼지 못하고 계속 날선 대화를 하는 중이다.

다원   안녕하세요. 황효인 씨 맞으세요?
효인   (자리에서 일어나며) 네. 제가 황효인인데요.
다원   (명함을 내밀며) 안녕하세요. TD다이렉트 손해사정센터 이다원
         입니다.
효인   아, 안녕하세요.
다원   (작은 목소리로) 고객님 혹시 1층 카페에서 저랑 얘기 좀 나눌 수
         있을까요. 흔한 사고는 아니다 보니 절차상 필요한 것들이 꽤
         많아서요.
효인   네. (몸을 돌려) 소미야. 여기 잠깐만 있어.

소미	나도 갈래.
효인	너도?
다원	(살짝 당황하며) 보험액 지급 문제나 사고 관련 모든 절차는 당사자와 보험사끼리 처리하는 게 원칙이라서요.
효인	그래. 소미야, 너 여기서 기다리고 있어. 엄마 얼른 다녀올게.
소미	(다원을 보며) 저도 당사자 맞는데요?
다원	네?
소미	저도 당사자라고요. 사고 목격자이기도 하고요. TD에서 제 앞으로 생명, 상해, 비운 전자, 동승자 보험 전부 들어놨고 사고 차량 조수석에 탑승하고 있기도 했는데, 저는 왜 당사자가 아니라고 생각하세요?

당황하는 다원과 효인

다원	그럼 그냥 여기서 얘기할까요?
소미	네. 그렇게 하세요.
효인	(다원을 의자로 안내하며) 이쪽으로 앉으세요.

다원은 수술실 앞 의자에 앉는다. 효인과 소미 사이에 앉아있지만, 몸은 효인의 쪽으로 완전히 돌린 상태이다. 사실상 효인과 다원만 마주 보고 있는 것. 다원은 들고 온 가방을 열어 이것저것 서류들을 꺼낸다.

다원	고객님, 차량이
효인	'레브'요. 연식도 3년 정도밖에 안 됐어요.
다원	자율주행하셨어요?
효인	네. 3단계요. 3년 동안 한 번도 이런 적이 없었는데 대체 무슨

일일까요?

소미   (효인에게 귓속말을 하며) 왜 굽실대? 화를 내도 모자랄 판에.

다원   혹시…

효인   네네.

주위를 둘러보는 다원.

다원   (목소리를 최대한 낮추고) 경찰에 신고하셨나요?

효인   아… 아뇨.

다원   잘하셨어요.

소미   (어이가 없다는 듯) 지금 뭘 잘했다는 거예요?

다원   지금 수술 중이신 황명자씨도 어차피 가족이시잖아요. 조회해
        보니까 보험도 다 TD에서 가족상품으로 들어놓으신 부분 확인
        되고요. 이런 상황에는 신고 안 하는 게 훨씬 좋죠. 괜히 사고
        때문에 보험료 오를 일도 없고요. 인명 사고는 보험료가 어마
        어마하게 오르거든요.

효인   저기, 저는

다원   네. 말씀하세요.

효인   보험료도 보험료지만 대체 왜 이런 사고가 일어났는지 이해가
        가질 않아서요. 자율주행 자동차가 사람을 칠 수 있는 건가요?

다원   (더 살가운 말투로) 저희가 그 부분에 대해서는 철저하게 조사를
        진행하고 있어요. 차량의 모든 기록과 오토파일럿 시스템 전
        체, 도로교통 상황까지 전부 분석 중이니 조금만 기다려주세
        요.

소미   인명 피해 교통사고 신고 불이행은 불법이잖아요.

다원은 처음으로 소미를 향해 몸을 돌린다.

다원   따님.

소미   따님 아니고 고객님이라고 불러주실래요? 같은 고객인데 왜 호
        칭이 달라요?

다원   고객님.

소미   제 말이 틀린 건 아니잖아요. 도로교통법 모르세요?

효인   (소미를 막아서며) 소미야, 그건 일단 할머니 깨어나시면 얘기하
        자.

소미   뭔 소리야. 할머니가 퍽이나 신고하라고 하겠다.

다원   사고가 나서 충격받으신 마음 매우 이해합니다. 게다가 자율주
        행 중이었는데 얼마나 놀라셨겠어요. 하지만 저희가 사고 처리
        와 분석을 위해 최선을 다하고 있으니 조금만 더 신뢰하며 기
        다려주시기를 부탁드립니다.

소미   이미 사고가 일어났는데 어떻게 신뢰를 하라는 거예요.

다원은 소미의 말을 무시하고 효인에게 서류를 건넨다.

다원   보험 예상 지급액입니다. 지급 내용과 특약 확인하시고 연락
        주세요.

효인   (서류를 들여다보며) 네. (사이) 잠시만요.

다원   네?

효인   보장 금액이 너무 달라서요. 제가 가입했던 상품의 거의 세 배
        인데요.

다원   (의미심장하게 웃으며) 본사에서 지급액 산정이 그렇게 됐네요.
        내용 확인 꼼꼼하게 해보세요. 연락 기다리고 있겠습니다.

다원은 인사를 하고 퇴장한다. 효인은 서류를 읽기 시작한다. 소미는 다원이 간 걸 확인하고 효인에게 말을 붙인다. 이때 다원이 다시 나와 구석에 숨어 둘의 이야기를 엿듣는다. 소미와 효인은 다원을 볼 수 없지만, 관객들은 다원을 볼 수 있다.

소미   신고 안 할 거야?

효인   잠깐만 가만히 있어 봐. 이거 읽고 있잖아.

소미   엄마!

효인   (짜증을 내며) 아, 왜?

소미   엄마 정신 차려. 지금 차로 사람 친 거야. 경찰에 신고를 왜 안 해?

효인   할머니도 아직 별말이 없는데 네가 왜 이래.

소미   할머니 의사랑 상관없는 문제잖아. 알면서 왜 그래.

효인은 한숨을 쉬며 서류를 내려놓고 눈을 감는다. 소미는 본격적으로 따지기 시작한다.

소미   이제 와서 후회가 돼? 그러니까 자율주행하지 말라고 했잖아.

효인   나라고 이렇게 될 줄 알았겠어?

소미   할머니 치기 전에 다른 충돌이 있었잖아. 그때라도 수동으로 바꿨어야지.

효인   사람을 친 것도 아니었잖아.

소미   뭐가 달라? 동물들은 죽어도 아무 상관 없다는 거야?

다원은 핸드폰으로 녹음을 시작한다. 최대한 두 사람 가까이 핸드폰을 든 팔을 뻗는다.

소미	두 번이나 부딪혔으면 뭔가 이상하다는 생각을 했어야지. 이상하다는 생각이 들면 차를 멈추거나 자율주행을 하지 말았어야지.
효인	첫 번째는 쓰레기였잖아.
소미	아냐. 지금 생각해보니 강아지였어.
효인	강아지?
소미	작게 짖는 소리가 들렸던 것 같아.
효인	왜 그 얘기를 지금 해.
소미	계속 얘기했어. 쓰레기 아닌 것 같다고도 말했고 고라니 쳤을 때 세우자고도 말했잖아.
효인	(괴로운 표정으로) 제발 이따가 얘기하면 안 될까? 할머니 수술이라도 끝나고.
소미	엄마가 신고 안 하면 나라도 할 거야.
효인	소미야!

효인과 실랑이를 하는 소미. 다원은 급하게 녹음을 끄고 어디론가 전화를 한다. 소미와 효인은 다원의 목소리를 들을 수 없다. 속삭이듯 말하는 다원.

다원	어. 오늘 사고 난 차. 어 그거. 블랙박스 칩 빼서 영상 옮겨 놔. 황명자씨 치기 전에 충돌 두 번이나 있었대. 아니, 사람은 아니고. 개랑 사슴? 고라니인가? 몰라 시발 개새끼는 확실히 들었어. 정 안 되겠다, 싶으면 그걸로 물고 늘어져야 할 것 같아. 어어. 일단 충돌 부분 영상만 좀 빼서 나한테 보내줘.

다원의 휴대폰으로 전송된 영상. 다원은 블랙박스 영상을 재생하기 위해

54

저장한다.

실랑이를 하던 소미와 효인은 의자를 자동차 좌석으로 바꾸고, 운전석과 조수석에 앉는다.

3

블랙박스에 담겨있을 사고 전 충돌 장면들이 펼쳐진다.

어둑한 도로를 운전 중인 효인.

한 손으로 핸들을 잡고 한 손으로 비닐봉지에서 편의점 도시락을 꺼낸다.

소미 자율주행하게?

효인 응. 고속도로 들어가면. 엄마 종일 일해서 운전 힘들어.

소미 난 자율주행 별론데.

효인 왜?

소미 이상하잖아. 내 의지랑 상관없이 어디로 이송되는 기분이야.

효인 사람이 개발하고 사람이 입력한 대로 가는 건데, 의지랑 왜 상
관이 없어.

소미 그냥 내 기분이 그렇다고.

효인 나중에 네 차 생기면 넌 직접 운전해. 엄마는 자율주행 켜고 밥
먹을 거야.

소미 맘대로 해.

효인 시간 좀 걸리니까 한숨 자든지.

소미 어제 많이 잤어.

전화벨이 울린다. 통화를 하는 효인.

| 효인 | 어, 엄마. 밥? 소미는 배 안 고프대. 나는 가는 길에 도시락 먹으려고. 괜찮다니까. 다들 자율주행으로 고속도로 운전하고 그래. 응응. 한 시간 정도 걸려. 기다려. |

아직까지는 직접 운전대를 잡고 있다.

소미	할머니야?
효인	응.
소미	할머니는 아직도 엄마가 애 같은가 봐.
효인	칠십 먹은 노인도 아흔 노모 앞에서는 애지.

효인이 핸들에 달린 버튼을 누른다. 인공지능 시스템에서 기계음이 들려온다.

[고속도로에 진입합니다. 자율주행 3단계로 변경합니다.]

효인은 핸들에서 손을 뗀다. 곧바로 도시락 뚜껑을 열고 나무젓가락을 쪼갠다. 소미는 그런 효인과 고속도로를 번갈아 보며 살짝 인상을 찌푸린다.

소미	으윽. 기분 이상해.
효인	넌 애가 늙은이처럼 왜 그래? 나 진통 오고 너 낳으러 병원 갈 때도 자율주행으로 갔어. 너희 아빠가 하도 손을 떨어서.
소미	간도 크다. 그러다 사고 나면 어쩌려고.
효인	직접 운전했으면 사고 났을걸. 산모인 나보다 벌벌 떠는 꼴이 얼마나 웃기던지.

소미 그때도 지금처럼 3단계 자동화였어?

효인 아니. 1단계인가 그랬어. 주행 자체는 자동인데 방향 설정만 수동이었지.

소미 그게 그나마 인간적이네.

효인 어차피 기계가 하는 일인데 인간적이고 말고가 어디 있니? 인간은 편리하면 그만이지.

소미 (발끈하며) 차 안에 사람이 타고 있잖아. 도로 위를 걸어 다니는 사람들도 있고.

효인 (지겨운 듯) 어우, 그만해. 아무튼 넌 자율주행 베이비야. 알겠니? 제발 이 편리한 세상을 받아들여.

소미는 대답하지 않는다. 효인은 뒷좌석으로 손을 뻗어 물병을 꺼낸다. 그 순간 차체의 앞쪽에서 작은 충돌 소리와 무언가가 작게 짖는 소리가 들린다. 이상하게 생각하여 창밖을 바라보는 소미와 아무렇지 않은 효인.

[충돌이 발생했습니다. 감속합니다. 주행을 지속하시겠습니까?]

효인은 주행모드 지속 버튼을 누른다.

소미 엄마 방금 뭐 친 거 아니야?

효인 아냐.

소미 느낌이 이상했는데.

효인 쓰레기겠지. 고속도로에 쓰레기가 얼마나 많은데.

계속 창문 밖으로 몸을 내밀고 뒤를 돌아보는 소미.
어둑한 도로 위에 애매하게 작은 형체가 보인다.

소미	자율 주행하지 말고 그냥 엄마가 운전하면 안 돼? 좀 이상한 것 같아서 그래.
효인	뭐가 이상해?
소미	충돌이 발생하고 나서 알려주는 게 이상하잖아.
효인	그럼 고속도로에서 앞에 쓰레기가 나타날 때마다 멈춰서 확인하고 주행할까?
소미	아니 그게 아니라.
효인	(말을 자르고) 고속도로 자율주행 허가 난 지 벌써 20년째야. 그동안 자율주행 과실 인명 사고는 한 번도 없었어. 그리고 출시 전에도 얼마나 많은 실험을 했겠니. 쓸데없는 걱정 그만하고 시트 밑에 쓰레기 정리나 좀 해.

비닐봉지를 건네주는 효인. 소미는 쓰레기들을 주워 담으며 혼잣말을 한다.

| 소미 | 아무리 생각해도 쓰레기는 아니었는데. |

효인은 그런 소미를 신경도 쓰지 않고 본격적으로 도시락을 먹는다.

사이

완전히 어두워진 도로. 라이트를 켜고 달리는 자동차. 갑자기 도로로 뛰어들어온 고라니. 효인과 소미가 타고 있는 차가 고라니를 빗겨 친다.

[충돌이 발생했습니다. 감속합니다. 정차하시겠습니까?]

소미	방금 노루 쳤잖아. 차 세워 엄마.
효인	노루? 고라니 아냐?
소미	노루인지 고라니인지 뭐가 중요해! 얼른 차 세워.
효인	어차피 고의 아니면 벌금 안 물어. 인터넷에 검색해서 사체 처리하는 곳에 전화해.
소미	엄마!

효인은 위치 파악을 위해 창밖을 살핀다.

효인	여기 경부고속도로 부산 가는 방향 200.8km 지점.
소미	살아있을 수도 있잖아.
효인	어떻게 살아있어. 고속도로를 달리는 차에 치였는데.
소미	엄마 진짜 미쳤어?
효인	여기서 지금 차를 세워서 어쩌자는 건데?
소미	상태가 어떤지 확인해야지.
효인	확인해서 살아있으면?
소미	그거야…
효인	이것 봐. 딱히 할 수 있는 것도 없어.
소미	그래도 이건 아니지. 생명을 죽인 건데.
효인	사고였잖아.
소미	내가 자율 주행하지 말랬잖아.
효인	이보세요. 자율주행 기능 없을 때도 로드킬은 고속도로에서 자주 일어나는 사고 중 하나였어. 갑자기 튀어나오는 고라니를 어떡하라고. 심지어 저 고라니가 죽었다고 하더라도 우리 책임은 없어. 로드킬에 대해서는 운전자의 양심과 개인적 책임에 맡기는 게 이 나라 법이야.

소미   불법만 아니면 다 괜찮다는 거야?

효인   그럼 법치국가에서 뭘 더 지켜야 해?

찝찝한 마음이지만 더 이상 대답하지 못하는 소미.

효인   고라니 치워달라고 전화 안 할 거야?

소미   엄마가 해.

효인   그래.

인터넷에 전화번호를 검색하는 효인. 신호음이 간다.

신호음과 직원의 목소리는 음성으로만 들린다.

직원   도로공사입니다. 무엇을 도와드릴까요?

효인   여기 경부고속도로 부산 가는 방향 200.8km 지점인데요.

직원   네.

효인   운전 중에 갑자기 고라니가 튀어나와서 차에 부딪혔어요. 처리
        부탁드립니다.

직원   지금 정차 중이세요?

효인   아니요.

직원   고라니 상태 확인은 안 하신 거죠?

효인   네네.

직원   신고 접수 완료되었고요. 전화 주신 번호로 진행 상황 및 처리
        결과 문자 드릴 거예요.

효인   네. 감사합니다.

효인은 전화를 끊고 휴대폰을 뒷좌석으로 던진다. 계속해서 나오는 차량

안내 기계음.

[차선을 변경합니다. 전방에 휴게소가 있습니다. 경유 설정을 원하시면 버튼을 눌러주세요.]

소미   엄마, 나 화장실 가고 싶어.

효인   넌 꼭 그러더라. 아까 싸고 오라니까.

소미   아 몰라. 아까는 안 마려웠어. 얼른 세워줘.

효인   알겠어.

버튼을 누르는 효인.

[전방 500m에 있는 휴게소를 경유지로 설정합니다.]

소미   (혼잣말로) 고라니가 죽어도 차를 안 세우는데 내가 오줌 마렵다니까 차를 세우네.

효인   야, 너 화장실 가지 마.

소미   아 그런 게 어딨어. 세워줘.

효인   싫어. 나는 고라니가 죽고 자식이 오줌보가 터져도 차를 안 세우는 냉혈한이야.

효인은 버튼을 다시 누른다.

[경유지 설정을 취소합니다. 주행을 계속합니다.]

소미   엄마 진짜 또라이 같아.

효인　어, 맞아.

소미는 조수석에 앉아 휴대폰만 들여다보고 효인은 운전석에서 귤을
깐다.

소미　얼마나 남았어?
효인　거의 다 왔어.
소미　금방 오네.
효인　할머니한테 전화해봐.
소미　곧 도착할 건데 뭐하러.

　암전.

4

다시 병원의 상황으로 돌아온다. 실랑이 끝에 효인을 뿌리치고 나가려다
다원을 발견하는 소미. 다원은 다급하게 전화를 끊는다.

소미　여기서 뭐 하세요?
다원　깜빡하고 말씀 못 드린 게 있어서요. 가던 길에 다시 돌아왔습
　　　니다.
소미　뭔데요? 말씀하세요.
다원　(웃으며) 황효인 고객님께 설명드릴 예정이라서요.
소미　맘대로 하세요. 저 지금 경찰에 신고할 거예요. 회사에 전화해
　　　서 차량 전체 리콜할 준비나 하세요.

다원   황명자 씨랑 부딪히기 전에 강아지랑 고라니 쳐서 죽이셨던데
        요?

        당황한 소미와 여유롭게 웃는 다원.

소미   그래서요?
다원   왜 저희한테 그런 얘기는 안 하셨어요?
소미   굳이 말해야 할 의무가 있나요?
다원   그럼요.
소미   왜요?
다원   자율주행 자동차엔 AI 딥러닝* 기술이 탑재되어 있어요.
소미   딥러닝이요?
다원   자동차가 인간처럼 운전을 반복하며 학습하는 과정이 구현되
        는 소프트웨어요. 운전자가 직접 주행하거나 선택하는 방식을
        관찰하며 주행을 결정하게 되는 거죠. 그런 주행 데이터가 쌓
        여서 모든 시스템을 만들어 간다고 생각하시면 됩니다.
소미   그게 뭐 어쨌다고요.
다원   이전에 비슷한 사고를 내고도 차량을 멈추지 않았다면, 자율주
        행 자동차의 시스템 구축에 운전자의 책임도 있는 거죠.
소미   운전자와 제조사의 책임을 결정하는 기준점은 '운전 당시' 운전
        자 개입의 정도라고 알고 있는데요? 엄마는 3단계로 운전했어

---

* 딥러닝은 사물이나 데이터를 군집화하거나 분류하는 데 사용하는 기술이다. 딥러닝
의 핵심은 분류를 통한 예측이다. 수많은 데이터 속에서 패턴을 발견해 인간이 사물
을 구분하듯 컴퓨터가 데이터를 나눈다. 분별 방식 중에는 '비지도 학습(unsupervis-
ed learning)'이 존재한다. 비지도 학습은 직접적으로 정보를 가르치고 입력하지 않
아도 컴퓨터가 스스로 학습하는 진보한 기술이다. 현재 딥러닝 분야의 핵심 기술을
개발한 전 세계의 연구자들이 해당 기술을 자율주행에 적용하고 상용화시키기 위해
개발에 힘쓰고 있다. 한국의 기업들도 마찬가지다.

	요. 엄마가 아니라 자율주행 알고리즘이 사고를 낸 거라고요.
다원	황효인씨의 선택이 그 알고리즘을 만든 거라면요?
소미	말이 되는 소리를… (망설인다) 만약 그렇다고 하더라도, 애초부터 당신들이 위험한 방식으로 시스템을 만들었다는 사실은 변하지 않아요.
다원	3단계는 꽤 모호한 단계죠. '일상적인 주행 시에는 자율주행 시스템이 작동하지만, 비상시에는 운전자의 개입이 요구되므로 운전자는 항상 직접 운전할 준비가 되어 있어야 한다.' 이게 공식적인 자율주행 3단계의 정의입니다. 이걸 모른 채 3단계를 가동하는 사람은 없어요. 모두의 약속이라고요. 동물을 두 번이나 죽였으면 운전자로서 '비상시'라는 판단을 했어야죠. 만약 오늘의 사고들이 세상에 알려진다면. (숨을 고르고) 우린 황효인 씨의 불성실한 판단력을 탓할 예정입니다.
소미	이렇게 위험하고 모호한 단계의 기술을 왜 출시하셨어요? 그쪽 말대로라면 자동차가 자율적으로 주행한다고 볼 수 없는 수준의 알고리즘을 장착한 건데, 도대체 왜 자율주행이라는 명칭을 사용했는지도 모르겠고요.
다원	대부분의 사람들은 도덕적 책임감을 벗어던지는 걸 좋아해요. '자율주행' 자동차가 아니라 '인간과 컴퓨터가 함께 운전하는, 조금 더 편한' 자동차는 아무도 원하지 않는다고요.
소미	사람들을 속이는 거네요.
다원	우리는 사람들이 원하는 걸 만들 뿐입니다. 사람들이 안전하기만을 원했다면 자율주행뿐만 아니라 자동차 자체가 탄생하질 않았겠죠. 모두 걸어 다니는 게 제일 안전하니까요.
소미	그럼 안전성이 제대로 식별되지 않은 기술을 사람들이 원한다

는 이유만으로 세상에 내보내도 된다는 말씀이세요?

다원 저희는 최선을 다해서 기술을 개발합니다. 세상에 완벽한 기술은 없어요. 돈을 주고 편리함을 구매했다면, 이후의 책임은 같이 져야지 않을까요? 세상의 모든 기술과 그에 따른 사고가 제조사만의 탓일 수가 있습니까? 게다가 자동차는 아직 운전자의 개입을 필수로 요구하는데요.

소미 하지만

다원 (말을 자르고) 경찰에 신고하시면 자율주행 사고 조사 위원회가 조사를 시작할 겁니다. 그때부터는 저희도 당사의 손해를 최소화하기 위해 모든 노력을 다해야겠죠.

소미 저희 책임으로 돌리고 당신들은 빠져나가겠다는 건가요?

다원 그렇게 말한 적은 없는데요.

소미는 다원을 노려보다가 다시 효인에게 성큼성큼 다가간다. 효인이 들고 있는 서류를 빼앗아 다원 앞에서 북북 찢는다. 효인은 의자에서 일어나 소미를 말린다.

소미 한 번 해봐요. '개, 고라니 죽이고 사람도 죽이는 잔인한 자율주행 자동차'로 기사 타이틀 뽑히면 TD자동차 주식 얼마나 바닥칠지 나도 궁금하네요.

효인 소미야. 너 지금 뭐 하는 거야.

소미 엄마, 이 사람이 지금 뭐라고 했는 줄 알아? 오늘 사고 책임 엄마한테 다 덮어씌울 거라고…

효인 죄송해요. 딸이 아직 어려서.

다원 괜찮습니다. 서류는 다시 출력해서 드릴게요.

소미 (어이없다는 듯) 허?

다원은 바닥에 흩뿌려진 서류조각들을 줍는다.

효인 그만해. 소미야. 이따가 엄마랑 얘기해.

소미 (효인을 붙잡고) 엄마 진짜 왜 이래? 보험료 때문에 그래?

효인 보험료 때문만은 아니야.

소미 그럼 왜 이러는데. 엄마 법 좋아하잖아. 법치주의 국가에서는 법만 지키면 된다며. 갑자기 가치관이 변했어? 보험료 오르고 면허 취소될까 봐?

효인 이래저래 복잡한 문제잖아. 신중하게 결정해야지.

소미 고라니 죽었을 때는 그렇게 이성적이더니.

대답하지 않고 다원과 함께 찢어진 조각들을 줍는 효인. 소미는 그런 둘의 모습을 바라보다 다원을 향해 묻는다.

소미 진짜 이 모든 사고가 저희 탓이라고 생각하세요?

다원 제 개인적인 의견을 물으시는 건가요?

소미 네.

다원 어려운 문제죠. 백 퍼센트 누구 한쪽의 책임만 있다고 생각하지는 않습니다.

소미 그럼 왜 이렇게까지 하세요?

다원 이게 제 일이니까요. 다 이렇게들 살잖아요.

소미 그럼 질문을 바꿀게요. 이 일이 옳다고 생각하세요?

다원 그런 생각은 해본 적이 없는데요. 제게는 옳고 그름이 별로 중요치 않다는 게 정확하겠네요. 이건 그냥 일일 뿐이니까요.

소미 당신이랑 영원히 상관없는 문제일 것 같죠. 그러니까 이러는 거겠지.

다원은 조각들을 전부 다 주워서 자신의 가방에 넣는다. 일어서서 정장 바지를 탈탈 턴다.

다원 상관없을 거라고 생각 안 해요.

소미 네?

다원 언젠가 제가 자율주행 자동차에 치여 죽을 수도 있겠죠. 혹은 제가 사람을 치거나. 아주 작은 확률이지만요. 재수 더럽게 그 확률에 걸린다? 어쩔 수 없죠. 그건 그때 가서 생각해야죠. 그렇다고 이미 보편화 된 편리함을 포기하고 나만 불편하게 살 수는 없잖아요.

멀리서 황명자 환자 보호자를 찾는 간호사의 외침이 들린다.
효인은 소미와 다원을 두고 수술실 앞으로 뛰어간다.

다원 고객님도 가보세요.

소미 다 회사 방침이에요? 아니면 일부는 당신 생각이에요?

다원 그게 뭐가 중요한가요. 이건 우리 모두의 생각과 같죠.

급하게 뛰어오는 효인.

효인 (손짓을 하며) 소미야! 빨리 와! 할머니 깨어났어.

효인의 말을 듣고 다원은 사무실의 직원에게 다시 전화를 건다.

다원 황명자 씨 사망 말고 상해로 서류 다시 준비해줘. 응, 금액 산정도 다시.

소미는 그런 다원을 왜인지 복잡한 표정으로 바라본다.

암전.

막.

　서울에서 대전까지 걸어가는 여행을 한 적이 있습니다. 한적하고 아름다운 시골길을 기대했지만, 막상 걷게 된 길 위는 상상과 달랐습니다. 무엇보다 많이 마주해야 했던 건 동물의 사체들이었습니다. 인간이 타고 다니는 차에 밟혔거나, 치였거나, 인간이 만든 것들에 부딪혔거나, 인간이 놓은 약을 먹었거나, 인간이 먹기 위해 가두고 죽였거나. 모두 인간 때문에 죽은 동물들이었습니다. 차에 치여 죽은 고라니를 볼 때마다 죄책감이 들었습니다. 이들을 내가 죽인 게 아니라고 할 수 있을까. 썩어가는 동물의 사체보다 이제까지 제가 살아온 삶이 더 섬뜩하게 느껴졌습니다.

　〈뉴 트롤리 딜레마〉는 내일에 대한 지나친 기대가 오늘 당장 죽어가는 것들을 세상의 가장자리로 내몰지도 모른다는 두려움으로 쓰게 된 글입니다. 부족한 글이지만 가능성을 봐주신 심사위원 선생님들과 동아일보에 진심으로 감사드립니다.

　아낌없는 축하를 건네주신 이주영 선생님, 고연옥 선생님 감사드립니다. 따뜻한 격려와 가르침 덕분에 여기까지 왔습니다. 제 시작을 지켜봐 주신 박세미 선생님. 선생님과 함께였던 어린 날들을 꺼내어보며 지치지 않고 쓸 수 있었습니다. 그리고 늘 제 편이 되어주시는 박규남 선생님, 감사합니다. 선생님께 더 자랑스러운 제자가 되겠습니다.

　늘 든든하게 제 곁을 지켜주는 친구들에게 고마운 마음을 전합니다. 말 많은 채식주의자 친구의 이야기를 귀담아듣고, 매번 비건 식당과 카페를 함께 찾아주어서 고맙습니다. 더 나은 세상으로 함께 걸어가며 모두와 오래도록 행복하고 싶습니다. 더 좋은 친구가 될 수 있도록 노력하겠습니다.

글을 쓰는 사람이 되겠다는 자식을 단 한 번도 막아선 적이 없는 부모님께 이 모든 영광을 돌립니다. 그 믿음과 응원을 연료 삼아 쓴 글입니다. 두 분께 조금은 자랑스러운 존재가 된 것 같아서 한없이 기쁩니다.

마지막으로 내 모든 행복과 행운의 원천, 희연에게 선명한 사랑을 전하고 싶습니다.

만약 딜레마에 정답이 있다면 그건 '영원한 고민'이 아닐까 생각합니다. 앞으로 어떤 딜레마에 빠지게 되더라도, 성실하게 고민하며 오래오래 쓰겠습니다.

매일신문 희곡 부문 당선작

집으로 가는 길

■

김미리

1993년 출생

등장인물

홍태주(여, 17): 교복 차림의 여학생. 캐리어가 있다.

백수장(남, 30): 양복 차림의 젊은 남자. 양복과 어울리지 않은 장화를 신고 있다.

안다정(여, 30): 원피스를 입고 남자 구두를 신고 있다. 수장과 결혼을 앞둔 여자친구다.

시간

장마 끝 무렵 7월 중순 어느 월요일 오전 11시경

장소

서해안 고속도로 목감휴게소

사람이 없는 한적한 휴게소 앞. 비가 막 그쳤는지 휴게소 앞에 있는 탁자의 의자는 젖어있다. 휴게소 근처에 있는 야구 연습장에서는 야구공 치는 소리가 들린다. 때론 세게, 때론 약하게……

휴게소 건물 옆 나무 의자가 있는 곳에 교복 차림의 태주가 있다. 맨발에 삼선 슬리퍼를 신고 있다. 태주는 의자에 앉으려다가 의자가 물에 젖은 것을 보고 돌아선다. 태주는 헤드셋으로 노래를 들으며 누군가를 기다리는 것처럼 주변을 두리번거린다. 캐리어를 끌고 의자 바로 옆 흡연 구역 가까이 간다. 태주는 가방에서 담배를 꺼냈다가 도로 집어넣고 치마 주머니에서 핸드폰을 꺼낸다. 태주가 핸드폰 화면을 보자마자 종료음이 울리면서 전원이 꺼진다.

태주   (꺼진 핸드폰 화면을 보며) 에이씨……

그때 태주의 등 뒤로 수장이 보인다. 수장, 흡연 구역으로 온다. 수장은 양복과 어울리지 않게 장화를 신고 있고, 여자 구두를 들고 있다. 수장은 흡연 구역으로 와 태주 옆에 선다. 구두를 내려놓고 손에 있는 물기를 바지에 대충 닦아낸다. 수장은 주머니에서 담배를 꺼내 입에 문다. 옆에 있던 태주는 이상한 눈으로 수장을 쳐다본다. 수장 역시 태주가 자신을 쳐다보는 것을 인지하고, 불편한 듯 고개를 돌린다.
수장은 담배를 피우며 휴게소 건물 쪽을 여러 번 쳐다본다. 누군가를 기다리는 듯하다. 태주의 헤드셋에서 음악 소리가 흘러나온다.

수장   왜 자꾸 쳐다보는 거야……

태주, 수장을 위아래로 쳐다보다가 다른 사람이 없는 것을 확인하고 가방

집으로 가는 길 ■ 김미리   73

에서 담배를 다시 꺼낸다. 수장은 그런 태주를 기가 막힌다는 듯 본다.

수장   하.

태주는 헤드셋을 내리고 수장에게 다가간다.

태주   다 들리거든요.
수장   네?
태주   다 들린다고요. 라이터가 없어서 그런데, 좀 빌려주세요.
수장   뭐라고?
태주   왜 갑자기 반말해요?
수장   너도 해.
태주   라이터.
수장   하. 너 지금 무슨…… (태주 옆에 있는 캐리어를 보고) 가출?
태주   아니거든요.
수장   아니긴.
태주   무슨 상관이에요.
수장   집 나오면 고생한다.
태주   (수장을 위아래로 본다) 그래 보여요.
수장   뭐?
태주   아저씨 지금.
수장   난 집 나온 거 아니거든.
태주   그럼요?
수장   다 그럴 만한 사정이 있었다.

수장, 주머니에서 라이터를 꺼내 태주에게 건넨다. 두 사람, 담배를 피운다.

태주   무슨 사정인데요?

수장   내가 그걸 왜 말해야 하지?

태주   까칠하시네. 아저씨 장화는 왜 신었어요? 장화랑 어울리는 옷
       은 아닌데.

수장   얘기하면 길다. 넌 왜 맨발이야?

태주   저도 얘기하면 길어요.

수장   까칠하시네.

태주   아저씨가 누군 줄 알고 말해요.

수장   불 빌려놓고선. 너 그거 갚아라.

태주   어떻게 갚아요?

수장   지금부터 방법을 생각해봐. 잘.

태주   아저씨…….

두 사람, 조금 긴 정적. 태주는 미심쩍은 듯 수장을 바라보고, 수장은 그
런 태주를 멀뚱멀뚱 본다.

태주   이상한 사람이죠?

수장   뭐라는 거야.

태주   하긴. 이상한 사람이 응 나 이상한 사람이야 하진 않겠지.

수장   아니거든. 이상한 사람.

태주   여긴 언제까지 있을 건데요?

수장   모르겠다. 왜? 여기 있음 진짜 갚으려고?

태주   그럼 핸드폰 좀 빌려주세요.

수장   핸드폰은 왜?

태주   배터리가 다 떨어졌어요.

태주, 주머니에서 핸드폰을 꺼내 수장에게 보여준다.

수장	없어.
태주	핸드폰이요?
수장	응.
태주	거짓말.
수장	진짜야.
태주	요즘 대한민국에 핸드폰 없는 사람이 어디 있어요?
수장	여기.
태주	빌려주기 싫으면 그냥 빌려주기 싫다고 해요.
수장	아, 진짜라니까. 넌 왜 사람 말을 안 믿냐?
태주	전 원래 사람 안 믿어요.

그때, 다정이 다가온다. 다정은 원피스를 차림에 남자 구두를 신고 있다.
구두는 진흙이 묻어 조금 지저분하다. 다정은 많이 지쳐 보인다.
수장, 다정이 오는 소리를 듣고 뒤돌아본다. 태주, 담배를 끄고 다가오는
다정을 못 본 척하고 헤드셋을 쓴다.

다정	왜 여기 있어?
수장	담배.
다정	핸드폰은?
수장	차에.
다정	돼?
수장	아니. 먹통이야.
다정	충전은 해 봤어?
수장	배터리 문제가 아니야.

76

다정	그럼 어떡해?
수장	(하늘을 본다) 곧 비 또 떨어지겠다.
다정	어떡하냐고.
수장	뭘 어떡해.
다정	아버님한테 연락드려야지.
수장	안 해도 돼. 어차피 안 기다려.
다정	야.
수장	서울 가서 해.
다정	(주위를 본다) 공중전화 없나?
수장	가 있어. 금방 갈게. 눈 좀 붙이고 있어.
다정	전화 드려. 출발하기 전에.
수장	아, 알았어.

다정, 신고 있는 구두가 커서 불편한 듯 뒤뚱거리며 걷는다. 수장은 다정
이 돌아서 가는 모습을 본다. 태주, 헤드셋을 다시 내린다.

태주	거짓말 아니네요.
수장	말했잖아.
태주	저 아줌마가 아저씨 사정이에요?
수장	뭐, 비슷해.
태주	무슨 사정인데요?
수장	말해도 모른다, 넌.
태주	되게 예쁘다.
수장	예쁘긴.
태주	이 캐리어 같은 건가?

태주, 옆에 있던 캐리어를 발로 툭 친다. 수장, 담배를 끈다.

수장   너 보기보다 똑똑하구나.

태주   아줌마 신발은 왜 그래요? 아까 아줌마가 아저씨 신발 신고 있는 것 같던데.

수장   아, 맞다. 구두.

수장, 옆에 있던 다정의 구두를 들지만, 다정은 이미 가고 보이지 않는다.

태주   신발도 어쩌다 보니?

수장   굴렀어. 뻘밭에서.

태주   싸웠어요?

수장   되겠냐, 싸움이.

태주   미안하다고 해요.

수장   뭘 미안하다고 해.

태주   먼저 미안하다고 해요.

수장   내가 왜.

태주   화난 것 같던데.

수장   (어이없다) 그럼 나는?

태주   아저씨 왜요?

수장   아니다. 됐다.

태주   아저씨 핸드폰은 왜 안 돼요?

수장   몰라.

태주   뻘밭에서 굴러서?

수장   뭐, 비슷해.

태주   저…… 아저씨.

수장 또 왜.

태주 저 돈 좀 빌려주세요.

수장 뭘 빌려줘?

태주 돈이요.

수장 빌려줘?

태주 갚을게요. 진짜로. 서울 가서.

수장 갚아야 할 게 늘면 안 좋다, 너.

태주 고작 라이터 한 번 빌려줬으면서.

수장 뭐?

태주 맞잖아요. 돈은 아직 안 빌려줬잖아요. 핸드폰도 안 빌려줬고.

수장 내가 널 뭘 믿고? 나도 사람 안 믿어.

태주 에이씨.

수장 에이씨? 그래. 그럼 너가 지금 왜 여기 있는지 말해주면 빌려줄
      게.

태주 그걸 제가 왜 말해요.

수장 돈 빌려줄 사람 입장에서 그 정도 알 필요는 있을 것 같다.

태주 됐어요, 그럼.

수장 그래. 학생이 됐다면 그 입장 존중하지.

태주 에이씨. 그리고 저 학생 아니거든요!

수장 자꾸 에이씨 에이씨 할래?

태주 좀 빌려줘요! 진짜 갚는다고요!

수장 서울 가면 돈이 생기냐?

태주 네.

수장 무슨 수로?

태주 알바 할 거거든요.

수장 너 근데 몇 살이냐?

태주	왜요?
수장	그니까.
태주	열일곱이요.
수장	학교는?
태주	안 다녀요.
수장	교복은 뭐야?
태주	교복 입으면 다 학교 다니는 거예요?
수장	교복 입은 사람 보고 학교 다닌다고 생각하는 거랑 교복 입고도 학교 안 다니는 거랑 둘 중 뭐가 더 이상하냐?
태주	…… 돈 좀 빌려주세요.
수장	하. 그래서 얼마면 됩니까?
태주	돈은 있어요? 현금 말이에요.
수장	너보단 있겠지?
태주	음…… 이십만 원? 삼십만 원?
수장	얼마 빌려야 할지도 모르고 돈을 빌려달라고 해?
태주	아니, 알아요.
수장	너 당장 너한테 얼마가 필요한지도 모르지?
태주	아, 안다니까요.
수장	그니까 그게 얼만데?

태주, 대답을 못 한다. 수장은 태주의 대답을 기다리다가 뒤에 있는 의자로 간다. 수장, 의자 위에 물기를 자신의 옷으로 닦아낸다.

수장	앉아. 어차피 남는 게 시간인데 너가 지금 왜 여기 있는지 말할 때까지 기다려줄게.
태주	왜요?

수장   알아야겠어, 내가.

태주는 앉지 않고 서 있다.

수장   앉으라니까.
태주   아저씨 왜 자꾸 어른인 척해요?
수장   뭐인 척해?
태주   지금 그렇잖아요. 재수 없게.
수장   재수 없어? 재밌다, 너.
태주   놀리지 마세요.
수장   어른인 척하는 게 뭔데?
태주   알고 싶은 마음도 없으면서 알고 싶은 척하는 거요.
수장   난 놀리는 것도 아니고, 어른인 척하려는 것도 아니야. 근데 너
       가 여기 왜 있는지 알고 싶은 건 맞아. 그냥 쉬려고 있는 건 아
       닐 거 아냐. 집 나온 거야?

태주, 망설이다가 주춤주춤 수장 옆으로 가 앉는다. 짧은 정적이 흐른다.

태주   네. 근데 아저씨부터 말해줘요. 여기 왜 있는지.
수장   하…… 그래. 난, 아까 본 너가 예쁘다는 여자랑 결혼을 하기로
       했어.
태주   엥? 진짜요?
수장   야. 뭐냐, 그 반응.
태주   아줌마 예쁘잖아요.
수장   근데?
태주   아저씨는 영……

수장   뭐. 나 인기 많아.

태주   아무튼 그래서요?

수장   그래서 예전에 살던 집 사람들한테 소개해 주려고 가는 길이었
         는데 취소했어. 그런데 차도 갑자기 맛이 가고, 핸드폰도 맛이
         갔어. 그래서 지금 여기에 있는 거야. 됐지?

태주   예전에 살던 집이요?

수장   어릴 때 살던 집.

태주   보통 그렇게 말하나?

수장   보통 그렇게 안 말하지.

태주   근데 왜 취소했어요?

수장   아버지란 인간이 결혼한단다.

태주   아저씨네 아빠가 결혼을 해요?

수장   어.

태주   그런데 왜 안 가요?

수장   그 인간 또 결혼하면 나 안 보기로 했거든.

태주   아……

수장   자, 됐지? 이제 너 차례.

태주   질문이 뭐였죠?

수장   어이, 학생.

태주   학생 아니라니까요! 집 나오는 데 무슨 이유가 있어요? 그냥 싫
         어서지!

수장   그럼 학생은 왜 아니야? 학교를 그만뒀어? 아님 그만둘 거야?

태주   그만둘 거예요.

수장   왜.

태주   다닐 필요 없으니까요.

수장   왜.

태주	다니기 싫어요. 재미없어요.
수장	학교는 재미를 위해 다니는 데가 아니야.
태주	다른 애들은 재미있어서 다녀요.
수장	누가 그래? 걔들이 그렇게 말해?
태주	아니요.
수장	봐. 다니다 보면 재미있어지는 거지.
태주	아니던데요.
수장	너 왕따구나?
태주	아니거든요!
수장	아니긴. 왜 발끈해?
태주	아니라고요!
수장	그럼 신발은? 어디 있어? 왜 맨발이야?
태주	잃어버렸어요.
수장	어디서?
태주	몰라요.
수장	어떻게 몰라?
태주	아저씨는 왜 장화 신고 있는데요?
수장	몰라.
태주	어떻게 몰라요?
수장	아, 몰라!
태주	봐요. 모르잖아요, 아저씨도.
수장	그래. 그쯤 해두자.
태주	어차피 돈 빌려주지도 않을 거면서.
수장	…… 집으로 가.

수장은 자리에서 일어나 다정의 구두를 들고 가려 한다. 태주는 수장이

가는 게 서운한 듯, 수장을 본다.

태주   아저씨.
수장   왜.
태주   저 그 구두 한 번만 신어보면 안 돼요?
수장   너 이거 되게 비싼 거야.
태주   그러니까요. 한 번만요.

수장, 잠시 고민하다가 태주 앞에 구두를 내려놓는다. 태주, 구두를 신어
본다. 태주의 발에 구두가 꼭 맞다.

태주   진짜 예쁘다. 이런 구두 처음 봐요. 아줌마 발이 엄청 작네요.
수장   속이 좁아서.

그때, 다정이 휴게소 음식을 가지고 온다.

다정   내 구두 어디 있어?…… 어?
수장   이 학생이, 아, 학생 아니라고 했지. 이 친구가……

태주, 놀라서 구두에서 발을 뺀다. 다정은 음식을 탁자에 내려놓는다.

다정   안녕. 신어보는 건 상관없는데 지금 이 상황, 설명이 좀 필요하
        겠지?
수장   집 나온 애야. 돈 빌려 달라더니 구두 한 번 신어보겠대.
태주   아저씨!
수장   맞잖아!

다정	핸드폰 켜지더라. 먹고 정비소 전화해 보자.
수장	핸드폰 돼?
다정	학생도 좀 먹을래? 우리 둘이 먹기엔 좀 많은데.
수장	학생 아니라니까.

다정, 수장의 신발을 벗고 태주가 신던 삼선 슬리퍼를 신는다. 수장은 의자 위에 양복 자켓을 놓는다. 다정은 자켓이 놓인 자리에 앉는다.

다정	밥 먹을 동안 우리 바꿔 신자. 나도 신발이 젖어서.
태주	네? 네.
다정	이름이 뭐야?
태주	태주요. 홍태주.
다정	이름 예쁘다. 난 안다정이야.

수장, 말없이 라면을 먹는다. 다정은 수장의 팔을 툭 친다.

다정	너는 왜 말 안 해.
수장	난 백수장.

태주, 웃는다.

다정	이름 귀엽지? 여기까지 오는데 이름이 한몫을 했지. 아버님한텐 내가 전화 드렸다.
수장	뭐?
다정	왜?
수장	왜 해?

다정   넌 안 할 거잖아.

수장   야.

다정   조만간 다시 찾아뵙겠다고 했어. 차가 고장 났다고. 거짓말 하
       나도 없다.

수장은 맘에 들지 않는 듯, 한숨을 내쉰다.

다정   으이구. 언제까지 그럴래? 얘가 속이 좀 좁아.

태주   어? 좀 전에 아저씨도 아줌마 속 좁다고 했는데.

다정   뭐라고?

수장   맞잖아.

다정   너 커피 마시지 마. (태주에게) 그리고 나 아줌마 아니야.

다정, 수장 앞에 있던 커피를 뺏는다.

수장   이것 봐.

다정   그럼 이제 어디로 가?

태주는 아무 말 없이 음식을 먹는다.

수장   몰라 얘도. 자기가 어디로 가야 할지. 집은 어딘데?

다정   다 먹고 말해도 돼.

태주   집으로는 안 가요.

다정   왜?

수장   집 나왔다니깐.

다정   넌 조용히 해.

86

태주	이유는 많아요.
수장	그니까 왜. 애가 비밀이 많아.
다정	왜 말을 그렇게 해? 밥이나 먹어.
태주	아줌마 저 충전기 좀 빌려주세요.
다정	(수장에게) 차에서 충전기 좀 가져와. (태주에게) 그리고 언니라고 해줄래?
수장	아, 라면 불어.
다정	내 핸드폰도.

수장, 못 이기는 척 일어나 간다.

다정	집으로 다시 못 가는 이유가 집을 나온 이유랑 같나?
태주	비슷해요.
다정	그럼 계획은 있고?
태주	모르겠어요.
다정	다시 돌아가지 않으려면 계획이 필요해. 당장 오늘은 어디서 자려고?
태주	모르겠어요…… 저 돈도 좀 빌려주세요.
다정	돈?
태주	서울 가서 꼭 갚을게요. 진짜로. 저 알바 할 거예요. 면접 보기로 한 곳도 있어요.
다정	학생을 써 준대?
태주	학생인 거 몰라요.
다정	그럴 수가 있나? 어디서 면접 보는데?

태주는 대답이 없다.

다정 너가 오늘 처음 본 나한테까지 대답 못 하는 거 보면 너도 그게
     잘못된 걸 아는 거네. 그럼 굳이 하지 않는 게 좋아. 집이 싫어
     서 나왔으면서 나와서까지 뭐하러 잘못된 것부터 시작해. 그것
     도 곧 싫어질걸.
태주 지금보다 더 싫어질 건 없어요.
다정 그래도 나쁜 일은 결국엔 싫어져.
태주 다른 사람한테 나쁜 일이라고 해서 저한테도 나쁜 일이 되는
     건 아니에요.
다정 그래. 그건 그럴 수 있겠다. 집은 왜 가기 싫은데?
태주 언니는 말해도 몰라요.

     다정은 태주의 대답을 기다린다.

태주 …… 집에 혼자 있기 싫어요. 엄마도 싫고.
다정 집에 혼자 있어?
태주 아빤 원래 없고, 엄만 맨날 나가요. 이상한 사람들 만나요.
다정 이상한 사람들?
태주 네. 이상한 아저씨들이요. 엄마가 집 보증금도 빼서 어차피 곧
     나가야 해요.

     사이

태주 전 엄마가 아팠으면 좋겠어요. 아프면 집에 있으니까.

     사이

88

태주	지금 저 나쁘다고 생각하고 있죠?
다정	아니. 난 그래도 너가 일단 집으로 가는 게 나을 것 같아.
태주	아저씨랑 똑같네. 언니가 뭘 알아요?
다정	나랑 걔랑 똑같은 게 아니라 대부분 똑같이 말할 거야.
태주	자기 일 아니니까 똑같이 말하겠죠. 그렇게밖에 생각 안 하니까.
다정	아니. 집 나와 본 사람들은 다 알아. 걔도 나도 집을 나왔으니까 그렇게 말하는 거고.
태주	뻔하지. 집 나오면 고생한다고요?
다정	너 지금 이러고 있는 건 고생 아닌 것 같아? 땀 흘리고 눈물 흘리는 것만 고생 아니다, 너.
태주	안 빌려줄 거면 함부로 말하지 마요!
다정	집으로 가. 가서 엄마 기다려.
태주	제가 엄마를 왜 기다려요! 엄마가 저를 기다려야죠!
다정	엄마라고 꼭 자식을 기다려야 하는 건 아니야.

태주, 말이 없다.

다정	엄마가 너를 안 기다리면 너가 기다려줄 수도 있는 거지.
태주	엄만 저 안 필요해요.
다정	조금만 더 기다려봐. 엄마 너 필요해.

사이

다정	내가 기다려봐서 알아.

태주는 말없이 다정을 쳐다본다.

다정   돈은 빌려줄게.

태주   됐어요.

다정   갚진 않아도 돼.

태주   왜요? 지금 저 불쌍하게 생각하는 거예요?

다정   아니. 내가 널 왜 불쌍하게 생각해?

태주   집 나오고 갈 데 없고 돈 없다고 하니까 불쌍하게 생각하는 거
         맞잖아요!

다정   내가 안 갚아도 된다고 해서 그래?

태주는 울음을 터뜨린다. 다정은 태주에게 휴지를 건네고, 태주의 울음이
그치길 기다린다. 그때 수장이 온다. 수장은 쇼핑백을 들고 있다.

수장   왜 그래? 울어?

다정   내가 그런 거 아니야. 울지 마. 빌려준다니까?

수장   뭘 빌려줘? 돈?

다정   그럼 어떡해.

수장   집으로 보내야지. 돈을 빌려준다고 해?

다정   집에 가기 싫다잖아.

수장   싫다고 안 보내?

다정   너도 지금 싫다고 안 가고 있잖아.

수장   나랑 얘랑 같아?

다정   다를 건 뭐야. 집 나온 건 똑같지.

수장   안다정!

태주   아줌마 아저씨가 왜 싸워요!

다정	우리 싸운 거 아니야. 나 그리고 아줌마 아니라니까.
수장	싸운 거 아니야. 얘기한 거야. (다정에게) 그리고 너가 왜 아줌마가 아니야? 아줌마지.
다정	빌려줄게.
수장	데려다줄게. 집으로 가자.
다정	싫다는 애를 왜 자꾸 밀어붙여?
수장	넌 어른이 왜 그러냐?
다정	너 왜 어른인 척해?
태주	(동시에) 왜 자꾸 어른인 척해요?
다정	어른도 아니면서.
수장	자, 우리 이러지 말고 생각을 하자. 생각.
다정	무슨 생각을 해. 너 집에 갈 거야? 차 고치는 대로 바로 가?
수장	아, 나 말고! 태주!
다정	태주 집에 보낼 거면 너도 집 가!
수장	너 왜 그래?
다정	결혼할 사람 부모님 뵙겠다는 게 이상한 거야?
수장	그 인간은 볼 필요 없다니깐.
다정	넌 우리 엄마 봤으면서 난 왜 못 보게 해?
수장	부모가 아니니까 그렇지.
다정	너가 아니라고 하면 아닌 게 되냐? 괜히 고집이야.
수장	넌 다 알면서 왜 고집이야?
다정	지금 내가 이러지 않게 생겼어? 그럼 아버님 뵙지도 않고 그냥 식 올려? 그럴까? 너 내 생각은 안 해?

태주, 일어난다.

태주   저 갈래요.

수장   어딜 가?

태주   무슨 상관인데요. 어차피 다 자기들이 중요하지. 다 똑같아.

태주, 다정의 구두를 벗는다.

태주   제 신발 주세요.

다정   미안해. 태주야.

태주   신발요. 제 신발 주세요. 갈 거예요.

수장   일단 충전기. 우린 또 있어.

수장, 태주에게 충전기를 건넨다.

다정   왜 줘. 여기 충전할 데도 없어.

수장   어쨌든 필요하잖아.

다정은 슬리퍼를 벗는다. 태주는 다정이 신던 슬리퍼를 신으려 한다. 수장은 쇼핑백에서 운동화를 꺼내 태주 발밑에 내려놓는다.

수장   이거 신어. 슬리퍼도 커 보이던데.

다정   어디서 찾았어?

수장   트렁크에 있길래.

다정   신어. 그거 나 몇 번 신지도 않은 거다. 빌려주는 거야.

태주   신발 빌려달라고 한 적은 없어요.

다정   그럼 가져. 어차피 나 이제 이거 안 신어.

태주는 망설이다 수장이 건넨 운동화를 신는다. 다정은 다시 태주의 삼선
슬리퍼를 신는다.

다정 그럼 난 이거 신어야지!

그때, 빗물이 조금씩 떨어진다.

수장 비 또 오기 시작한다. 일단 차로 가자.
태주 집 안 간다고요!
수장 알겠어. 일단 가자. 곧 엄청나게 쏟아질 거야.
다정 차 고치면 우리 집으로 가자.
태주 네?
다정 지금은 가기 싫다며. 나도 애도 좀 씻어야 하고. 너 핸드폰 충
       전도 해야 하잖아.
수장 그래. 가서 충전하고 집에 전화해. 너 어디 있는지는 아셔야 할
       거 아니야.
다정 너도. 너도 가서 집에 전화해.
수장 아……
다정 알겠지?
태주 어차피 전화 안 받을 거예요.
다정 받을 때까지 해. 문자를 남겨 놓던가.
태주 뭐라고 해요?
수장 친구 집에 있다고 해.
태주 거짓말이잖아요.
다정 뭐가 거짓말이야. 같이 기다려줄게. (수장에게) 너도 꼭 전화해.
       안 그러면 두 사람 다 오늘 집에서 쫓겨날 줄 알아.

수장   가면서 뭐 사 가자. 집에 아무것도 없어.
다정   약속했다. 가자!

세 사람, 일어난다. 태주는 수장과 다정을 따라가다가 뭔가 깜박 잊은 듯 뒤돌아본다. 태주, 테이블 쪽으로 다시 돌아가 캐리어를 끌고 온다. 세 사람, 함께 간다.
빗방울이 점점 더 굵어진다.

암전.

　힘든 시기 학교를 다니는 동안 특별한 경험을 할 수 있게 도와주시고, 쓴 것보다 더 깊이 읽고 이야기해 주신 성기웅 교수님께 감사드립니다. 덕분에 생각할 수 있는 모든 것들이 소중했습니다.

　박해성 교수님, 쓰고 싶은 생각 맘껏 쓸 수 있게 해주셔서 감사합니다. 그 시기 써낸 두서없는 글 덕분에 해소되고, 새로 시작할 수 있는 것들이 있었습니다.

　고선희 교수님, 교수님께서 해주신 말과 따뜻한 응원 덕분에 힘낼 수 있었습니다.

　그리고 조광화 교수님. 어떤 마음이든 그 마음을 당연히 여기게 되면 항상 생각합니다. 함부로 당연하게 여기지 않고, 천천히 해보겠습니다. 여전히 말할 수 있고 들을 수 있어서 좋아요. 늘 감사합니다.

　밀린 말이 많습니다. 이 시간이 지나고 나야 떠오를 말들을 생각하며 앉아 있는 하루를 연장하고 싶습니다. 잘 모르겠지만, 지금은 그런 마음입니다.

부산일보 희곡 부문 당선작

자정의 달방

■

이도경

1997년 인천 출생
명지전문대학 문예창작과 전공심화과정 재학 중

등장인물

여자, 30대 초반

남자, 20대 후반

주인, 50대 중반

때

자정이 조금 넘은 시간

장소

모텔 방안

무대

낡은 모텔 방안. 왼쪽에는 화장실 문이 있고 오른쪽에는 침대가 있다. 가운데 놓여진 작은 테이블. 위에는 온갖 음식들이 담긴 일회용 접시들이 늘어져 있다. 뒤편으로는 창문이 있고 러브호텔, 대실 2만 원 등 네온사인 간판들이 보인다.

어두운 무대 밝아지면, 여자가 문을 열고 들어온다. 여자의 뒤를 따라 남자가 들어온다. 여자는 자연스럽게 음식을 먼저 펼쳐놓는다. 남자는 방안을 둘러본다. 서랍과 냉장고를 열어보기도 하고 침대에 앉아보기도 한다.

여자   들어와요.

남자, 신발을 벗는다.

여자   좀 좁죠.
남자   (남자는 꽤 웃고 있다) 모텔 사는 사람 처음 봐요.
여자   그게 나쁜가요?

(사이)

남자   아니요. (둘러보며) 좋네요.

여자는 테이블 위에 음식을 올려둔다. 그러나 의자는 하나뿐이다. 하는수 없이 침대 앞으로 테이블을 민다. 자신은 침대에 앉고, 남자에게 의자에 앉으라며 가리킨다.

여자   앉아요.
남자   침대에 같이 앉는 건 안돼요?
여자   (무시하고) 생각해 보면 고시원보다는 훨씬 나아요. 생각보다 달방 저렴하고.

남자는 여자가 가리킨 자리에 앉는다. 여자보다 남자가 앉은 의자 높이가 훨씬 높다.

남자   근데, 의자가… 좀 높네요.

남자, 자리와 여자를 번갈아 본다. 여자는 가방에서 주섬주섬 음식이 담긴 비닐봉지를 꺼낸다.

여자   (한숨을 내쉰다) 젓가락이…
남자   여기서 산다면서 젓가락도 없어요?
여자   최대한 짐 줄이느라고요. 나무젓가락 쓰는데.

여자, 서랍과 가방 여기저기를 뒤져보면서 일회용 젓가락을 찾는다. 그러나 보이지 않는다.

남자   나가서 하나 얻어올까요?
여자   아까 봤잖아요. 밖에 편의점 없는 거. 죄다 술집이라서.

(사이)

여자   왜 하필 젓가락을 안 가져와서는.
남자   일 층 가서 사장님한테 물어보고 올게요.
여자   안돼요!
남자   그 정도는 있지 않나? 안 되면 일회용 칫솔 같은 거 네 개 구해다가,

남자, 젓가락질하는 시늉을 한다.

여자 사이가 안 좋아요.

남자 그냥 나갔다가 올게요.

여자 그러지 말고, 그럼

남자 근처 술집에서 얻어올게요. 아니면 빌려보던가.

남자, 외투를 다시 입고 나가려는데 여자가 붙잡는다.

여자 그냥 먹어요.

남자 어떻게?

여자 손으로.

남자 손으로?

여자 우리 아까 몰래 담느라고 국물 있는 음식들도 아니고.

남자 그렇긴 한데.

여자 굳이 나가서 좋을 것도 없고.

여자, 테이블 앞에 앉아 먹는 시늉을 먼저 보인다. 하나를 집어먹더니 화장실로 가 손을 씻고 다시 앉는다. 남자도 곧 따라 앉는다. 둘은 음식을 먹기 시작한다. 아무런 대화도 없이. 꼭 먹어야 한다는 임무를 가진 사람들처럼 음식에만 집중한다.

남자 물 있어요?

여자 아까 음료수 한 병 챙겨 올걸.

남자 아, 그렇네. 음료수 따로 냉장고에서 꺼내 먹는 거던데.

여자 역시 호텔 뷔페가 좋아요.

남자 근데 왜 이런 거만 담았어요?

여자 직원한테 들킬까 봐. 저도 초밥 스테이크 이런 거 싸 오고 싶었죠.

남자   그래도 김밥은 좀 심했다.

여자   직원한테 들킬까 봐. 요즘은 뷔페에 사람이 거의 없어서 더…

남자는 손으로 김밥을 집어 들어 이리저리 살피고는 다시 입에 넣는다.

여자   고기는 식으면 하얗게 굳어요. 기름이.

남자   아까 랍스터도 맛있었는데.

여자   그건 비닐에 넣다가 찢어져요.

남자   튀김 같은 것도 있지 않았나?

여자   가방 안에 기름이 묻어나잖아요.

남자는 테이블 위 음식들을 유심히 살펴본다.

남자   다 뭉개졌네.

여자   어쩔 수 없죠.

남자   회 같은 걸 챙기는 거였는데.

여자   그럼 오는 길에 초장을 사 와야 하잖아요.

남자   그거 얼마 한다고.

여자는 남자의 말에 대답하는 것보다 음식이 더 중요하다. 여자는 음식을 손으로 집어삼킨다. 천천히 맛보는 게 아니라 급히 먹고서는 자신의 가슴을 두드린다. 남자는 냉장고에서 물을 찾지만 생수병이라고는 없다. 종이 컵에 수돗물을 담아 갖다 준다.

남자   아까 너무 많이 먹긴 했지.

여자   한 번에 먹어둬야 해요. 나 같은 사람들은.

남자   음식 여기 놔두고 먹으면 되는 거 아닌가?

여자   (잔기침) 나중에 먹을 것 같지도 않고 다 버려야 하는데 아깝잖아요.

남자   그게 아까워서 뷔페는 어떻게 갔는지 몰라.

(사이)

여자   내 돈이었으면 안 갔어요.

남자   응?

여자   얻었다고요.

남자   어디서?

여자   라디오 경품으로.

남자   그걸 나한테 판 거라고?

여자   반값에 팔았잖아요.

남자   아니, 1인분이라고 해도 그렇지.

여자   난 분명 중고나라에 2인 식사권으로 올렸고, 그쪽은 1인분만 사겠다고…

남자   그럼 당신은 돈도 벌고 밥도 먹고?

여자는 남자가 아까 떠다 준 수돗물을 마신다.

여자   한 사람당 십만 원짜리인데 두 명에 오만 원으로 올렸잖아요.

남자   그래도 그렇지, 차라리 식사 동행을 구하면 몰라.

여자   그쪽이 1인용 식사권만 필요하다고 하니까.

남자   누가 봐도 내가 좀 억울하지 않나?

여자 1인분 버리는 것보다 내가 먹는 게 낫잖아요.

남자는 한숨을 내쉬며 관중 앞으로 다가간다. 한 바퀴 돌며 자신의 옷차림을 매만진다. 머리를 쓸기도 하면서 고개를 숙이고는 말한다.

남자 그럼 여자인 거 미리 말해주기라도 하지.
여자 그게 왜요.
남자 아니, 2만 5천 원쯤이야 데이트비라고 생각해도 되는 거고,
여자 데이트?
남자 남녀 둘이 만나면 데이트지.

남자는 테이블을 사이에 두고 마주보던 자신의 자리, 의자를 들고 여자 옆으로 옮겨 앉는다. .여자는 남자의 반대편으로 상체를 약간 뺀다.

남자 먼저 밥도 먹고 여기까지 오자던 건 당신이지 않았나.
여자 단순히 식사권은 2인용이었고
남자 그럼 다른 친구라도 같이 가면 되는 걸 나한테 먼저, 같이 가자고

(사이)

여자 뭘 좀 착각하신 것 같네요.
남자 세상 어느 남자가 이걸 데이트가 아니라고 생각하나.
여자 저는 단순히,
남자 당신도 생각해봐요. 호텔 뷔페에서 마음껏 배불리 먹었지. 그 후엔

(사이)

남자   모텔까지 데려와 놓고!

여자   그런 거 아니에요.

남자   그럼 뭔데?

여자   아까워서.

남자   정말 그게 다라고?

(사이)

여자   혼자 밥을 못 먹어요. 단 한 숟갈도.

남자   그럼 어떻게 혼자 사나, 말이 안 되는데.

여자   당신이 필요했어요. 나가서도 같이 먹어 줄 사람이…

남자   배부르지도 않나?

여자   벌써 일주일 동안 아무것도 안 먹었어요.

남자   차라리 친구나 가족이나, 누구라도

여자   없어요.

남자   아무도?

여자   아무도.

(사이)

여자   (객석을 바라보며) 우리 두 번은 안 볼 사이잖아요. 그냥, 한 번에 먹을 뿐이에요. 며칠 치를. 음식은 항상 나눠야 한대요.

남자   안 볼 사이인데 난 당신이 어디 사는지를 아네요.

여자   난 당장 내일 이사 갈 수 있거든요.

남자, 엉덩이에 의자를 붙인 채 다시 여자의 반대쪽으로 가 앉는다.

여자   정말 배가 고플 땐 편의점에서 라면… 그마저도 편의점 안에서 누가 라면 먹고 있기를 기다렸다가 옆에 서서… 혼자로 안 보이게.

남자   대체 왜?

여자   불쌍하잖아요.

여자는 일회용 접시 위에 있는 음식을 손으로 집어 먹는다. 남자는 그런 여자를 빤히 바라본다.

여자   밥 한 끼 같이 먹을 사람 없는 내 자신이.

여자, 사레가 들린 듯 자기 가슴을 두드린다. 결국 화장실로 달려가 구토한다. 여자가 토하는 소리가 들려온다. 남자는 따라가 화장실 문을 열어보려 하지만 잠겨있다. 문을 열어보려 덜컥거리는 소리가 들려온다.

남자   잠깐 열어봐요.

여자   안돼요.

남자   등이라도 두드려줄게요.

여자   싫어요.

남자는 하는 수 없이 다시 앉아 휴대폰으로 노래를 튼다. 화려한 클래식 음악 소리가 깔린다. 곧 소리가 멎고 여자는 입을 닦으며 나온다. 여자는 다시 자리에 앉지만 침묵.

남자	너무 많이 먹어서 그런가.
여자	한 번에 먹어둬야 해요.
남자	배 안 불러요?
여자	배불러 본 적 없어요.
남자	아까도?
여자	뭘 먹어도 항상 배가 고파서.

(사이)

여자는 또다시 음식을 집어 먹는다. 구역질을 한다. 그러면서도 가슴을 두어 번 두드리면서까지 음식을 삼킨다. 남자는 그런 여자를 따라 자신도 음식을 먹는다.

남자	(입안에 음식물이 담겨 발음이 부정확하게) 애채 어가 으아애어?
여자	(여자 역시 음식을 먹으며 대답한다) 어아?
남자	(다 삼킨 후) 대체 뭐가 어때서?

(사이)

남자	사람들은 관심도 없어요. 누가 혼자 살고 누가 뭘 먹고 누가 뭘 어떻게 하는지 자기 상관할 바 아니라서.
여자	언젠가부터. 혼자 무언가를 먹으면…
남자	혼자 먹으면 더 맛있지.
여자	혼자 먹으면… 삼키지를 못해요.

남자, 의자에 엉덩이를 붙인 채 다시 여자 옆으로 다가가 앉는다. 여자는

가만히 있는다. 남자는 여자의 등을 두드려준다.

남자   아무도 신경 안 쓰는데. 누가 뭘 혼자 먹던 먹고 토하길 반복하던.

여자   혼자 밥 먹는다고 음료수 서비스받는 것도 싫었고,

남자   오히려 좋은 거 아닌가?

여자   혼자 밥 먹을 만큼 식탐 있어 보일 거고,

남자   사람들은 당신한테 그렇게 관심이 없어요. 뭘 하든.
          (관객석을 가리키며) 저 멀리서 사람들이 우리 지켜보는 것도 아닌데.

여자   지켜보고 있는지 누가 알아요? 항상 옆에 있다고들 하잖아요.

남자, 주위를 둘러보며 팔을 내젓는다. 두려운 듯 고개를 이리저리 돌려본다.

남자   누가…? 옆에 뭐가 있나? (남자는 자신의 두 팔을 문지르며 허공을 둘러본다)

여자   옆에 항상 있다고 했어요. 우리 엄마가.

남자   엄마?

여자   엄마 유언 같은 거였어요.

(사이)

여자   반찬가게를 했었어요. 밥 잘 챙겨 먹는 걸로는 일 등이었는데 우리 집. 근데 엄마가 다음 날 팔 음식 다 만들어 두고 밤늦게 퇴근하다가. 차에 치인 거예요. 반찬은 다 따뜻하게 들어가 있

는데. 우리 엄마만 차가워졌어요. **뺑소니**였는데, 너무 늦게 발
견돼서.

남자   범인은 잡았고?

여자   (고개를 *끄덕인다*) 근데 당당하게도 장례식에 온 거예요. 그쪽 부
모들이. 처음에는 몰랐어요. 부모인지도. 그냥 엄마의 건너 건
너 아는 사람인가보다, 했는데. 더 웃기는 건 그때 밥까지 먹고
갔거든요.

남자   왜 엄마 음식이었어요? 아깝지 않나.

여자   엄마가 꼭 모두한테 대접하고 싶어했거든요. 근데 저는 그때…
토할 것 같았어요 다들 나만 불쌍하게 보고, 이제 혼자 밥 먹
고 혼자 자고 혼자 살아야 한다고…

여자는 남자의 품 안에 고개를 묻고 흐느껴 운다. 그러나 울다가 속이 메
이는 듯 헛구역질을 한다.

여자   토할 것 같아요.

(사이)

여자   혼자라서 힘도 아는 것도 없으니까, 사람들은 다들 불쌍하게만
보고.

남자   누구는 돈도 없어 혼자 모텔 사는데…

여자   여기 사는 건 돈이 없어서가 아니라

남자   그럼?

여자   항상 옆집 사람이 바뀌잖아요. 내가 혼자 사는걸 아무도 몰
라요.

남자는 객석을 바라본다. 여자, 일어나 종이컵을 든다. 물을 뜨러 화장실로 향하는 순간, 누군가 문을 두드린다. 여자는 놀라 뒷걸음질 친다.

남자   누구예요?

여자는 고개를 저으며 남자를 방 어딘가에 숨겨보려고 하지만 마땅한 공간이 없다. 남자는 문 뒷 편에 숨어있고 여자는 조심스럽게 문을 연다. 마찰음이 들리고 등장하는 모텔 주인.

주인   아가씨. 지금 뭐 하자는 거야?
여자   갑자기 무슨 일로…
주인   아니, 기본적인 건 우리 지켜줘야 하지 않나?
여자   아…
주인   다 좋은데, 이건 아니지.
여자   쓰레기 잘 버릴게요. 환기도 잘하고요.

주인은 여자의 어깨를 옆으로 밀고는 방 안으로 들어온다. 여자는 황급히 테이블을 가려보려 하지만 소용이 없다.

주인   (문 뒤를 가리키며) 두 명 맞지?

문 뒤에 숨어 서 있던 남자가 벽에 기대 주저앉는다. 조용히 문이 닫히며 소리가 난다.

주인   혼자 산다고 해서 장기투숙 더 싸게 받았는데!
여자   같이 사는 거 아니예요. 자고 가는 것도 아니고.

110

주인	아까 내가 옆 방 대실 끝나고 정리하면서 다 들었는데 뭘.
여자	대체 뭘요?
주인	데이트 어쩌고 얘기하는 거!

(사이)

여자는 조용히 머리를 쓸어넘기며 남자에게 다가간다. 남자를 붙잡아 일으켜 세운다.

여자	그쪽이 말 좀 해 봐요. 우리 오늘 처음 본 사이인 거.
주인	처음 봤는데 모텔에… 같이…?
남자	(두 손을 내저으며) 아 아니 그게 아니라요.
여자	그냥 밥만 먹으러 온 거예요.

주인은 두 남녀를 번갈아 보더니 팔짱을 낀다.

주인	다들 손만 잡고 들어오자고 해 놓고 할 거 다 하는 데가 여긴데 뭘 아니래?
여자, 남자	(서로 멀리 떨어지며) 진짜 아니에요.
주인	그래. 아니어도 알 바 아니지. 근데 아가씨는 규칙을 어겼어.
여자	모텔에 규칙이 어딨어요?
주인	여긴 내 모텔이야.
남자	잘 치워놓고 갈 거예요. 제가 나가면서 쓰레기 다 버릴 거고요.
주인	먹는 거 말고. 여기서 삼겹살 구워 먹는 애들도 있었어.
여자	그럼 규칙이 대체 뭔데요…?
주인	인원추가 금액 안 받는 모텔이 어딨어?

여자는 당황해 남자를 돌아본다. 남자는 주인을 바라보고, 주인은 여자를 바라본다.

여자 잠깐이고, 아무것도 안 하고 밥만 먹은 건데요?

주인 (팔짱을 끼며) 들어와서 앉아만 있다가 가도 방을 빌리는 건 똑같지!

여자 (주인의 팔에 매달리며) 죄송해요. 다시는 이런 일 없을 거예요.

그사이 남자는 조용히 방에서 나가려다가 문 열리는 소리에 주인, 여자의 노려봄에 다시 문을 닫는다.

주인 월세에서 30분의 1만 더 받아야겠어.

여자 그럼 얼마를 더…?

주인 2만 5천 원만 더 받을게 아가씨.

여자 30분의 1에다가, 2만 5천 원까지 더하면 그냥 하루 치 숙박인데…

남자 사장님, 그럼 반이라도, 저 자정 넘어서 들어왔어요.

주인 자정 넘으면 대실도 안 돼. 무조건 숙박이야.

(사이)

여자 우리 반반씩 내기로 해요 그럼.

남자 나요?

여자 네. 그쪽이 있어서 더 내는 거잖아요.

남자 아니, 당신이 사는 데인데 내가 왜?

여자 그쪽이 있으니까 내가 걸린 거죠.

112

남자   애초에 모텔이 아니라 다른 데서 살면 이런 일도 없었지.

여자   좋단고 따라온 그쪽이 할 말도 아니죠.

주인, 짝다리를 짚고 다리를 떨다가 여자 뒷편으로 보이는 음식들을 흘겨본다. 여자는 두 팔로 가리려 애쓰다가 자신의 지갑을 연다. 2만 5천 원을 주인에게 건넨다. 주인은 돈을 확인하고, 냄새가 난다는 듯 두 손을 휘젓는다.

여자   음식도 안 먹을게요. 먹은 건 한 번이었어요.

주인   아가씨. 먹고 싶으면 먹어요. 사람이 다 먹고살자고 이러는 거지. 너무 야박하게 생각하지 말고.

여자   다 배부르자고 이러는 거잖아요.

주인   그래요들. 총각은 내일까지 있겠다고 하면 두 배 되는 건 알지?

주인, 문밖으로 퇴장한다. 문이 닫히기 직전 남자는 고개를 쭉 내밀고는 중얼거린다.

남자   저렇게 배불리 살면 손가락질이나 당하지, 인정머리 없는 인간!

그때 주인 다시 들어와 다시 인사한다. 남자는 놀라 자리에 주저앉는다.

주인   아, 아가씨 화장실에서 토하는 건 괜찮은데, 윗층에서 냄새 올라온다고 전화 왔어. 이따가 락스 좀 부어 둬.

주인 다시 퇴장한다. 남자는 가슴에 손을 얹고 심호흡을 한다. 어느새 침대에 앉아있다.

남자	놀라서 체하겠다.
여자	아까 2만 5천 원이었으니까, 그냥 만 원만 줘요.
남자	만 원?
여자	원래는 만 이천 오백 원인데 만 원만 받을게요.
남자	(자리에서 일어나) 아니, 먼저 같이 더 먹자고 한 건 당신 아닌가?
여자	그쪽만 아니었어도 난 문제 없이 여기서 잘 살아요.
남자	아까 낸 돈도 처음부터 내가 준 거였는데?
여자	준 게 아니라 나한테 산 거죠. 정확히 말하면.
남자	겨우 만 원 가지고 구차하게 이래요?

여자, 지끈거린다는 듯한 손으로 이마를 짚는다.

여자	그 만원 없어서 우리가 이러고 사는 거 아닌가요?
남자	우리라뇨. 저는 달방 살지는 않아요.
여자	솔직히 말할게요.
남자	뭘?

(사이)

여자	솔직히. 뷔페에서 남은 음식 싸가는 사람 우리 말고 본 적 있어요?

여자와 남자는 서로 눈을 마주치다가 객석을 바라본다.

114

여자　(객석을 향해) 있어요?

　　　　당신도 아까 싸갔잖아요. 당신은 집에서 먹을 거라면서…

남자　남들은 우리한테 관심도 없다니까.

여자　정말 모를 것 같아요? 우리가 몰래 음식 담는 걸.

남자　알아도 모른척하는 게 사람이죠. 정말 모를 수도 있고.

여자　아니요. 사실, 누구나 그런 생각은 할 거예요.

남자　무슨?

여자　아, 이거 집에 싸가고 싶다 하는 걸. 어쩌면 다들 우리가 몰래
　　　　음식 싸 오는 용기가 부럽다고 생각할지도.

　　　　여자, 물을 벌컥벌컥 마신다.

남자　배 안불러요?

여자　뷔페는 배 부르자고 가는 곳인데, 왜…

남자　아직도?

여자　왜 계속 배가 고프죠.

남자　생각보다 고프게 살아요, 다들. 다만 남이 뭐가 고픈지 관심이
　　　　없는 거지.

　　　　여자, 남은 음식을 꾸역꾸역 집어 먹는다. 남자는 옆에서 그런 여자의 행
　　　　동을 제지한다.

여자　토할 것 같아요. 근데 계속 배가 고파서…

　　　　남자, 여자의 등을 두드려준다.

남자	나도 고픈 게 있어요. 여자랑의 데이트나, 손잡아 보는 거나, 스킨십 같은 거. 한 번도 해본 적 없어서. 죽을 때는 누가 꼭 같이 있어야 하잖아요?
여자	죽을 때… 누군가 같이 있어 준다는 건, 축복인 것 같긴 해요. 근데 저는… 그쪽 여기 데려온 거, 그런 의도는 아니었어요.
남자	알아요. 그냥 밥만 먹자는 거. 손만 잡고 뭘 하자 이런 것도 아닌 거.
여자	한 번도?
남자	한 번도, 솔직히 기대는 좀 했어요.
여자	미안해요. 아니 미안할 건 아니지만…
남자	마저 먹어요. 그리고 아까 만 원, 그건 제가 줄게요.
여자	됐어요.

남자, 자신의 외투를 향해 일어난다. 주머니를 뒤적이더니 돈을 꺼낸다. 전부 천 원짜리다.

| 남자 | 이게 다예요. |

남자, 여자에게 돈을 건네보지만 여자는 받지 않는다.

여자	이거 다 해도 만원 안 될 텐데.
남자	그나마 이뿐이라.
여자	뷔페 식사권 팔았던 거, 그걸로 냈어요.
남자	받아요.
여자	이것밖에 없는데 왜 꼭 뷔페를 갔어요?
남자	언젠가라도 여자 만나면, 좋은 데서 밥 먹을 테니까 연습하

려고.

여자, 남자가 건넨 돈을 받는다. 가만히 테이블 위에 올려놓는경.

여자 토할 것 같아요.
남자 그만큼 먹었으니…

여자는 조용히 일어나 화장실로 향한다. 남자는 따라가 문 앞에 서있는
다. 곧 여자가 토하는 소리가 들려온다. 남자는 이번엔 음악을 트는 대신
적나라한 소리를 조용히 듣고 있다가, 문을 열고 화장실 안으로 들어가
여자의 등을 두드려준다. 등 두드리는 소리가 들려온다.

남자 (음성만) 괜찮아요?
여자 (음성만) 익숙해요.

구토 소리가 멎고 화장실 문을 열고 나오는 둘. 여자는 손등으로 입가를
닦고 있고 남자는 여자의 어깨를 살짝 매만지고 있다. 여자는 습관적으로
테이블 위 음식을 하나 집어 먹고는 침대에 눕는다.

여자 (작게 중얼거리며) 습관이에요. 먹는 것도.
남자 모르는 사람 데려다 놓고 밥 먹는 것도?
여자 어지러워요.
남자 좀 자요 차라리. 난 갈 테니까.
여자 이제야 좀 배가 부르는 것 같아요.

남자, 조용히 여자의 등을 두드려준다.

여자	차 끊겼을 텐데. 집이 어디라고 했죠?
남자	의정부. 첫차 두 시간 남았어요.
여자	자고 가요. 잠만.
남자	됐어요. 그쪽 자면 갈 거예요. 여자랑 모텔은 처음 와 보네 그래도.
여자	우리 이제 안 볼 사이인데.
남자	알아요.
여자	숨이 막히는 것 같아요.

여자, 갑자기 벌떡 일어나 허리를 숙인다. 입을 벌리고 손가락을 넣는다.

남자	화장실 가서 토해요.
여자	체한 것 같아, 숨이⋯

남자, 여자의 등을 두드리지만 소용이 없다. 여자는 계속 고통스러운 신음을 내뱉는다.

여자	헉, 숨이 헉.

남자, 여자의 허리를 두 팔로 붙잡고 꽉 끌어안다가 놓기를 반복한다.

남자	지금도?

여자는 남자의 손을 제지하고 바닥에 넘어진다. 손가락을 입안에 넣고 토하려 해보지만 아무것도 나오지 않는다. 고통에 찬 여자의 신음소리가 들려온다. 모텔 옆 방에서 시끄럽다는 듯 벽을 두드리기도 한다. 남자는 기

어이 여자를 들기까지 하고 여자는 구토한다.

남자   괜찮아요?

여자, 쓰러지다시피 주저앉아 말없이 울기 시작한다.

남자   치우면 돼요. 죽을 뻔했다고요, 방금!

계속 들려오는 여자 울음소리. 자신의 어깨와 등을 두드리는 남자의 손을
붙잡는 여자.

막.

　문득 끼니를 해결하던 중, 먹을수록 공허하다는 생각을 했습니다. 이런 감정은 혼자 무언가를 할 때 다가오고는 합니다. 그렇게 바로 연필을 들었습니다. 육체적 포만감이 충족됨에도 불구하고 채워지지 않는 고픔에 대한 이야기를 쓰고 싶었습니다. 제게는 이 고픔이 정신적 허기이자 외로움이었습니다.

　상처받지 않으려 사람에게 겁을 먹었고, 현실이 두려워 글쓰기를 미뤘었습니다. 그런 제게 언제나 손을 건네 일으켜준 건 늘 사람들이었고, 결국 삶은 '그럼에도'와 '같이'로 이루어져 있는 것 같습니다. 때로 문학은 우리가 돌아보지 못했던 것들을 상기시키고는 합니다. 삶을 사랑하고 더 나은 세상을 꿈꾸며 이렇게 한 걸음씩 나아갈 수 있는 이야기를 쓰겠습니다.

　여전히 많이 남은 배움에 겁먹지 않도록 손을 건네주신 부산일보사와 심사위원 김남석 평론가님께 감사드립니다. 글을 쓰겠다는 오기 하나만을 가지고 있던 저를 참 다정히도 키워주신 문예창작과 전성희 교수님을 비롯해 이경교 한혜경 이병일 교수님들께도 진심으로 감사드립니다. 언제나 제 편에서 묵묵히 믿어주던 많은 친구들과 사랑하는 우리 엄마에게도 기쁜 인사를 전합니다. 모두에게 꼭 따뜻한 밥 한 끼 사겠습니다. 가까워져도 되는 그날이 오면 우리 식사나 같이합시다.

서울신문 희곡 부문 당선작

나의 우주에게(Dear My Universe)

■

김마딘

1998년 서울 출생
서울예대 극작 전공 1학년 재학 중

등장인물

유성: 남자. 35세. 다소 건조한 언어 습관을 지니고 있다.

해미: 여자. 35세.

선배

천문학도

친구

*선배, 천문학도, 친구는 일인 다역이 가능하다.

무대

해미가 사는 지구, 유성이 모험하는 우주. 특정 공간을 사실적으로 재현하기보다는 해미의 지구와 유성의 우주가 적절히 섞여야 한다.

시간

가까운 미래

1장

갤러리.
해미, 꼿꼿한 자세로 손을 배꼽 근처에 모으고 서 있다.
선배가 그런 해미를 지켜보고 있다.
해미와 선배는 단정한 근무복 차림이다.

해미 안녕하십니까!
선배 음….

우주의 어딘가를 모험하고 있는 유성, 등장한다.

선배 다시.

유성, 허공에 드래그*한다.

유성 해미.
해미 안녕하십니까.
선배 잘 좀 해봐.
해미 안녕하십니까.
유성 해미야.
해미 어! 잠깐만….
선배 해미 씨! 정신! 잠깐은 무슨.
해미 아, 네.

---

* 이 작품에서 '드래그'는 상대방과의 정신 연결을 위한 일종의 수신호다.

유성	알았어. (드래그하며) 연결 종료.
선배	자세 무너진다.
유성	(드래그하며) 녹음.
해미	죄송합니다.
유성	*바쁜가 보네.*
선배	허리! 손은 배꼽 아래로 내리지 말고.
해미	네.
유성	*열심히 산다는 증거겠지?*
선배	이렇게 인사까지 교육해 주는 선배 없다.
유성	*편할 때 연락해….*
해미	감사합니다.
선배	기본적으로 예의가 중요한 거 알지? 거기다 우린 보러 오는 사람들 수준이 있잖아.
유성	*우린 어제도 연락하고….*
해미	아… 네.
선배	근데 혹시….
유성	*어제의 어제도 연락하고….*
선배	남자친구 있어?
해미	어…….
유성	*목소리는 선명한데, 요샌 네 얼굴이 잘 안 그려져. 너도 그래?*
선배	그냥 궁금해서.
해미	… 있습니다.
유성	*갑자기 너무 감상에 젖었나? 결론은! 연락해.* (드래그하며) 전송.
선배	(사이) 그래? 아쉽네…. 음… 잠깐 쉬자.

해미	네!

선배, 퇴장한다.
해미, 허공에 드래그한다.

해미	유성.
유성	지금 막 녹음 남겼는데.
해미	아, 그래? 정신이 없었어….
유성	괜찮아.
해미	… 갤러리에 일 구했어!
유성	갤러리?
해미	응, 그냥 작게 전시….
유성	전시?
해미	아… 응.
유성	곧 네 그림도 걸리겠네.
해미	어…… 오늘은 뭐 했어?
유성	나야 매일 똑같지.
해미	그니까 뭐 하셨냐구요.
유성	일지 쓰고, 밥 먹고, 간간이 멈춰있을 땐 관측도 하고.
해미	목적지는?
유성	아직. 목적지를 설정할 수 있는 상황도 아니구.
해미	너무… 막연한 거 아니야?
유성	새삼스럽게 왜 이래. 내가 하는 일이 다 그렇지.
해미	춥진 않고?
유성	알잖아, 추울 일이 없어. 지금도 셔츠 하나 입은 게 끝이야.
해미	여긴 추운데. 뭔 우주선이 그리 좋냐!

유성   그러게.

사이.

해미   진짜, 갑자기, 그냥 궁금한 건데, 찾고 있는 그거… 얼마짜리
         야?
유성   응?
해미   가치가 있는 거냐고.

사이.

유성   … 이해 안 되지?
해미   아니야, 그래도 네 일인데.
유성   솔직히 말해도 돼.
해미   … 진짜 솔직히 말한다?
유성   나도 그걸 원해.
해미   모래 찾으러 육 년째 돌아다니는 거… 이해 안 돼.
유성   나도 어쩔 땐 그래.
해미   이제 좀 힘들지?
유성   지금도 설레.
해미   아, 설레?
유성   말했잖아. 처음 보는 모래였어, 성분이 뭔지 전혀 알 수도 없
         고 지구에선 본 적도 없는. 사실 '모래'라는 단어를 쓰는 것도
         미안할 정도야. 그게 모래인지 아닌지도 잘 모르겠거든.
해미   쓸모없이 생겼나 보네?

사이.

유성 … 화났어?

해미 아니야…. 뉴스에서 널 종종 봐, 물론 옛날 모습이지만. '우
주로 떠난 젊은 남자'라는 타이틀이 계속 올라와. 떠난 지 육
년이 넘었는데도 사람들은 널 추앙해 주더라. 너, 다른 일 해
볼 생각은 없어? 이 정도 관심이면 네가 콧노래만 불러도 빌
보드 일등일 거야.

유성 나 노래 못해.

해미 말이 그렇단 거지. 어쨌든… 좀 맹목적인 느낌이야. 사실 사
람들은 네가 뭘 하는지 제대로 모르잖아. 네가 고작 모래 찾
으러 갔다는 걸 알아도 사람들이 좋아할까?

유성 우주의 구성단위를 연구하는 것도 내가 할 일 중 하나야.

해미 어째 부업이 더 그럴싸해 보인다.

사이.

유성 무슨 얘기 해볼까?

해미 음….

유성 … 할 말이 점점 없어지네.

해미 할 말이 남아있는 게 이상하지.

유성 그건 그래.

해미 아, 동창회를 갔었는데, 이제 막 결혼한 애들이 자기 남편 지
방으로 출장 갔다고 징징거릴 때마다 웃음밖에 안 나오더라.

유성 가소로웠겠네.

사이.

해미	넌 왜 날 선택한 거야?
유성	응?
해미	한 번은 물어보고 싶었어.
유성	오늘은 질문들이… 평소랑 다른 거 같네.
해미	대답해 줘. 한 명만 선택할 수 있었잖아.
유성	그러니까 널 선택했지.
해미	어머니도 계시고, 아버지도 계시고, 동생도 있는데?
유성	가족보단 너랑 정신을 연결하는 게 좋을 것 같단 결론이 떨어졌거든.
해미	고마워해야 할 포인트인가?
유성	내가 고마워해야지.
해미	그럼 너희들 말로, 그런 결론을 도출하도록 만든 전제는 뭔데?
유성	에이, 그래도 넌 내 여자친군데….
해미	솔직하게 말하세요, 아저씨.
유성	… 오해하지 말고 들어.
해미	우리 사이에 오해는 무슨 오해야.
유성	넌 가족이 아니니까.

사이.

유성	너 지금 오해했지?
해미	어…… 아니.
유성	목소리가 딱 오해한 목소린데.

128

해미	… 무슨 뜻이야?
유성	말 그대로. 엄마, 아빠, 동생은 우주가 반으로 쪼개져도 가족이잖아.
해미	…… .
유성	해미야?
해미	난?
유성	넌 언제든 남이 될 수도 있잖아.
해미	… .
유성	섭섭해?
해미	그럴 리가.
유성	다행이네.
해미	가봐야겠다. 쉬는 시간 끝났어.
유성	쉬는 시간이 신기하네. 누가 보면 내 얘기 끝나길 기다린 줄 알겠다.
해미	…… .
유성	해미야, 걱정하지 마.
해미	(드래그하며) 종료.

해미, 퇴장한다.

침묵.

유성, 허공에 드래그한다.

유성	녹음.

지금 너무 멀리 와 있어.

지구는 시야에서 사라진 지 오래야.

그런데도 한 번씩 잠에서 깨. 이상한 중력이 느껴질 때가 있

거든. 지구가 날 부르고 있다고 생각할 때도 있어.
그건 아마 너일지도 모른다는 착각이 들기도 하고.
말도 안 되지?
그럴 때마다 창밖으로 보이는 별들에 집중하는 편이야.
좀 낯간지럽네. 그냥… 그렇다고.
(드래그하며) 전송.

유성, 퇴장한다.

2장

거리.
저녁의 가로등 불빛 아래로 해미, 등장한다.
천문학도, 해미의 반대편에서 등장한다.

천문학도   손… 해미 씨?
해미   … 아, 네.
천문학도   전 그… 학생인데….
해미   그래서요?
천문학도   몇 가지 질문을 좀 드릴 수 있나 해서요.
해미   아… 조상님들 잘 지내십니다.
천문학도   아니요! 아니요! 한유성 박사님, 아시죠?

사이.

해미	아니요. 모르는데요.
천문학도	아, 모르시는구나.
해미	네, 수고하세요.
천문학도	티비에 그렇게 많이 나오셨는데 모르시는구나.

사이.

천문학도	간단한 질문입니다.
해미	네?
천문학도	통신이 가능한 거죠?
해미	무슨….
천문학도	박사님의 흔적을 찾기가 쉽지 않더라고요. 가족분들도 답을 안 주시고.
해미	어… 제가 좀 바빠서….
천문학도	그래도 백방으로 뛰어다니면서 정보를 긁어모았습니다.
해미	이해 안 되는 소리만 늘어놓으시네요.
천문학도	어떤 여자가 한유성 박사님과 이어져 있다는 소식까지 들었고요.
해미	….
천문학도	정말 다른 게 아니고, 인터뷰만요. 궁금한 게 많습니다.
해미	왜 사람들이 걔한테 집착하는 거예요?
천문학도	상상하고 인식할 수 있는 범위, 그 밖에 있는 분이잖아요. 홀몸으로 우주에 나간다는 게 쉬운 선택도 아니고.
해미	유성이가 정확히 뭘 하는지 알아요?
천문학도	그분의 세계를 어떻게 저 같은 학생이 이해할 수 있겠어요.
해미	생각보다 초라할걸요.

천문학도	그럴 리가요. 지구보다 더 큰 가치가 있으니까 떠나셨겠죠.
해미	(사이) 인터뷰, 해봅시다. 도대체 뭘 상상하는진 모르겠지만.
천문학도	정말요? 저 앞 카페에서 기다리겠습니다! 알려주세요, 그분이 어떤 사람인지.

천문학도, 퇴장한다.
해미, 허공에 드래그한다.

해미	녹음 수신…… 삭제.

암전.

3장

한적한 카페.
해미와 천문학도, 마주 보고 앉아있다.

천문학도	일단 감사하다는 말씀부터….
해미	아, 네.

사이.

천문학도	전 한유성 박사님을 존경합니다.
해미	아…… 예. 그건 잘 알았어요.
천문학도	아, 그렇군요.

해미	왜 그런 거에 목숨을 걸어요?
천문학도	네?
해미	뭐… 우주라든가, 별이라든가.
천문학도	멋지잖아요.
해미	아…… 멋.
천문학도	무슨 일을 하시죠?
해미	저요? 그림 관련된….
천문학도	아, 예술을 하시는군요.
해미	네, 뭐, 예, 엇비슷하게.
천문학도	비슷한 부분이 있어요, 제가 공부하는 분야도.
해미	언제까지 거기에 목숨 걸 수는 없지 않을까요? 일도 좀 하고, 돈도 좀 벌어야 할 텐데.
천문학도	아…… 조언 새겨듣겠습니다. 그래서! 한유성 박사님은….
해미	새겨들은 거 맞죠?
천문학도	네. 박사님은 어쩌다가 우주로 나가게 되셨죠?
해미	할 일이 없었나 봐요.
천문학도	어…… 그러면 한유성 박사님은 왜 지구를 떠나신 거죠? 일종의 문제의식이라던가….
해미	말만 바뀌었지, 방금 하셨던 질문이랑 뭐가 다르죠?
천문학도	….
해미	진짜 유성이를 존경해요?
천문학도	네.
해미	걔에 대해 잘 모른다고 하셨죠?
천문학도	논문은 많이 읽어봤습니다.
해미	제가 진짜 걱정돼서 하는 말인데, 걔는 일상생활이 안 되는 애예요. 현실감각이 없는 애라고요.

천문학도   예술을 하신다 했죠?

해미   왜요?

천문학도   전 잘 몰라서요.

해미   아.

천문학도   그니까… 제 눈엔 그쪽도 썩 현실감 있어 보이진 않아요.

해미   ….

천문학도   그냥 각자 집중하는 게 다른 거죠.

해미   …… 아, 그렇죠.

천문학도   부탁합니다.

사이.

해미, 허공에 드래그한다.

해미   유성.

유성, 등장한다.

천문학도   설마 연락을 취하신 건가요?

유성   응.

해미   어, 나 지금 어떤 학생을 만났어. 너랑 비슷한 거 공부한다는 데… 좀 이상해.

유성   괜찮겠어?

천문학도   박사님, 저는!

해미   그래봤자 들리지도 않아요. 제가 무슨 전화기도 아니고.

천문학도   아.

유성   사람들이 아는 거 싫어했잖아.

해미	나쁜 사람은 아닌 것 같아. 너 팬이래. 원래 너 좋아하는 사람들이 다 좀 특이하잖아.
유성	칭찬으로 들을게.
해미	뭐 물어볼까요?
천문학도	어… 잠시만요. 왜 우주에 나가셨는지요!
해미	거기까지 간 이유 좀 알려 달래.
유성	고등학생이야?
해미	그건 왜?
유성	어렵게 대답해도 돼?
해미	어려 보이진 않는데….
천문학도	저 대학교 일학년….
유성	아, 그래?
해미	그래도 쉽게. 전달하기 힘들어.
천문학도	뭐라 하십니까!
해미	기다려봐요.
천문학도	알겠습니다….
유성	어…… 모든 별엔 중력이 존재해. 서로를 끌어당기는 힘이 있단 거야. 하지만 왜 서로 부딪치지 않는 걸까, 생각해 본 적 있어?
해미	아니.
유성	그보다 더한 각자만의 움직임이 있어서야. 서로 간의 끌림마저 덮어버리는 회전운동처럼. 별들은 자기만의 궤도가 있고, 그걸 서로가 알고, 덕분에 각자의 영역을 지켜낼 수 있는 거지.
해미	음… 그럼 절대 안 부딪치는 거야?
유성	꼭 그런 건 아닌데… 좀 어렵나?

나의 우주에게(Dear My Universe) ■ 김마딘 135

해미	거리를 둔다는 거잖아.
유성	뭐… 그치. 나름 신이 만든 초기 세팅 값이랄까?
해미	신도 믿어?
유성	아직 못 밝혀낸 게 산더미라 믿진 않아도 부정할 순 없지.
해미	예상 밖이네.
유성	'회전운동'이라는 전제가 무너지면 그 아래 딸린 모든 게 무너지잖아.
해미	근데?
유성	신기하더라.
해미	응?
유성	회전운동을 멈추고 서로를 끌어당기다가 충돌해버린 별이 나타났거든. 그리고 그 사이에서 내가 말한 모래가 생겨났는데, 이게 지금 온 우주를 떠돌고 있어. 난 그걸 찾고 싶고.

사이.

해미	사명감이라든가 명예라든가… 그런 건….
유성	그런 게 의미가 있나? 고밀도의 기체 속에서 나타난 모래 알갱이들, 아름답지 않아?
천문학도	어떤 답이….
해미	우주에서 가장 사소하고 쓸모없는 걸 찾으러 갔답니다.
천문학도	오! 시적인 답변이군요.
유성	전달했어?
해미	….
천문학도	그러면 두 번째 질문! 박사님은 언제쯤 돌아오시나요?

사이.

유성   해미야?
천문학도   저기….
해미   아, 네.
천문학도   언제쯤 돌아오시는지….
해미   너, 언제쯤 와?
유성   아마….
해미   아냐! 말하지 마.
유성   … 알겠어.
천문학도   언제쯤….

사이.

해미   … 오긴 와?
유성   변덕은 여전하네. 말할까, 말하지 말까?
해미   어…….
유성   … 안 돌아갈 수도 있어.

사이.

천문학도   저기요?
유성   물론 돌아갈 수도 있겠지.
해미   너 지금 그게….
유성   확정은 아니야. 모든 걸 확신할 순 없으니까.
해미   몇 퍼센트 가능성이 있다! 그런 것도 없어?

유성	퍼센트를 너무 믿지 마. 확률은 항상 오류를 범해. 단지 나한테 두 가지 보기가 있음을 알려주는 거야. 돌아가는 것과 돌아가지 않는 것.
해미	….
천문학도	혹시 무슨 말씀을….
해미	왜 그런 질문을 해요? 질문을 준비라도 해오시든가요!
유성	대답이 됐어?
천문학도	아… 죄송합니다.
해미	죄송하면 앞으로 찾아오지 마세요.
유성	옆에 계신 분한테도 좋은 말 많이 해줘.
천문학도	그럼 연락처라도….
유성	미래엔 나 대신 여기에 있을 수도 있잖아.
해미	본인이 우주로 가든 뭘 하든, 전 관심 없어요. 근데… 본인 욕심 채우자고 고통스럽게 기다리는 사람 파헤치고 다니진 마세요. 그거 되게… 이기적인 거잖아요.
천문학도	…… 네. 죄송했습니다.

천문학도, 퇴장한다.

사이.

유성	왜 말이 없어?
해미	이제 점점 짜증이 나.
유성	화났어?
해미	연결을 아예 끊어버리고 싶어.
유성	(사이) 나도 힘들어.
해미	퍽도 그러시겠어요, 박사님.

유성	그거 알아? 지구에 있는 인간보다, 나뭇잎보다, 사막의 모래보다 별의 숫자가 더 많아. 비교도 안 될 정도로.
해미	어쩌라는 건데? 신기하다고 놀라줄까?
유성	시간이 걸릴 수밖에 없단 거야.
해미	넌 희소성도 없는 별들 사이에서 그것보다 더 쓸모없는 알갱이를 찾는 거네?
유성	… 그래, 맞아.
해미	누가 너한테 그런 거 찾으라디? 누가 너 위인전에 올려준대?
유성	그런 건 바란 적 없어…. 그냥 살면서 하나쯤 이루고 싶은 게 있는 거잖아.
해미	유성아, 현실적으로 생각해.
유성	충분히 현실적이야.
해미	난 안중에도 없어?
유성	네가 제일 소중하지.
해미	거짓말 작작해.

사이.

유성	오늘은 여기까지만 하자. 너한테 상처 주려는 건 아니야. 잠시… 각자가 지나온 궤적을 돌아보잔 뜻이야.
해미	기다려.
유성	(드래그하며) 연결 종료.

유성, 퇴장한다.

해미	유성아, 유성아.

4장

공항.
친구, 커다란 배낭을 메고 등장한다.

친구   야!
해미   어!

사이.

친구   뭔 일이야?
해미   응?
친구   거울 좀 봐라, 네 표정이 어떤지.
해미   아냐! 오늘은 너만 신경 써.
친구   야, 가방 가지고 타는 건 안 되냐? 좀 불안한데.
해미   비행기 처음 타보냐?
친구   어….
해미   사람들은 네 가방에 관심도 없어.
친구   하루 이틀 가는 거면 말을 안 하겠는데….
해미   걱정 마시라고요!
친구   … 그래도 진짜 고맙다. 와줄 줄은 몰랐어.
해미   아니야. 너 미친 건 내가 예전부터 알고 있었잖아.
친구   그래, 나 미쳤다.
해미   어디로 가?
친구   태국부터 시작하려고.
해미   최종 목적지가 어디야?

친구	안 정했어. 그냥 세계를 돌 거야.
해미	밥은 먹었니?
친구	아니, 안 넘어갈 거 같아.
해미	선경이는?
친구	회사에 있겠지.
해미	놔두고 가도 되겠어?
친구	방법 있냐?
해미	욕 엄청 먹었을 거 같은데.
친구	주위에서 무진장 욕하더라, 멀쩡한 와이프를 집에 혼자 두고 어딜 쏘다니냐면서.
해미	틀린 말도 아니네. 너도 나이가 이제 서른다섯이야.
친구	해미야, 너한테까지 잔소리 들으려고 부른 거 아니야.

사이.

친구	난 가야겠어. 진짜 마지막 기회 같아.
해미	가든지 말든지.
친구	그래서… 너한테 부탁이 있어.
해미	뭔데?
친구	선경이 좀 챙겨줘.
해미	너 진짜 미친놈이니?
친구	이해가 안 되지? 그래도 너희 둘만 한 친구가 없잖아.
해미	내 주변엔 정상이 없는 거 같아.
친구	결혼하고 알았어, 내가 집구석에 붙어있을 수 없다는 걸.
해미	와… 말하는 거 진짜 이기적이다.
친구	어제 걔도 나한테 그러더라. 자기도 사업하면서 나까지 신경

	쓰긴 힘들 거 같대.
해미	그걸 믿어? 옆에서 도와줄 생각은 안 해봤어?
친구	해미야, 난 일상생활이 안 될 정도야. 가본 적도 없는 외국의 도시 풍경이 꿈에도 나온다니까.
해미	가관이다, 정말.
친구	가족을 버리는 건 아니야.
해미	너 그거 합리화다.
친구	선경이랑 밤새 술을 같이 마셨어. 그때 알겠더라, 내가 걔를 사랑하고 있다는 걸.
해미	네 말에서 논리라곤 찾아볼 수가 없네.
친구	서로 바라보는 방향이 달라. 난 와이프를 그리워하고 걔도 날 그리워하고, 차라리 그게 제일 아름다운 형태 같아.
해미	포기하는 것도 있어야지.
친구	왜?

사이.

해미	그건… 보고 싶지는 않겠어?
친구	보고 싶겠지. 근데… 난 알아. 그런 순간적인 마음에 휩쓸려서 얼굴 봐봤자… 할 말이 없어.
해미	그게 와이프 사랑한다는 놈이 할 소리냐.
친구	야, 원래 그럴수록 할 말이 없는 거야.
해미	진짜 너희 전부 다 이해할 수가 없다.
친구	이해를 바라진 않아. 그래서… 내 부탁은?
해미	하…… 생각은 해볼게. 네가 내 남편이었으면 지구 반대편까지 가서라도 끌고 왔을 거야.

142

친구	다행히도 아니네.

친구, 주먹을 내민다.

친구	안 쳐? 팔 아파.
해미	나쁜 새끼.

해미, 주먹을 툭, 가져다 댄다.

친구	뭐라 생각해도 좋아. 나… 간다.

친구, 퇴장한다.
긴 침묵.
해미, 허공에 드래그한다.

해미	유성.

유성, 등장한다.

유성	어떤 생각을 했어?
해미	떠나지 않는 내가 이상한 건지 아니면 내 주위를 떠나는 사람들이 이상한 건지 고민하게 되더라.
유성	둘 다 이상하진 않지.
해미	넌 지구에서 얼마만큼 떨어져 있어?
유성	멀리.
해미	정확히 얼마만큼.

유성	계속 이동 중이야. 너랑 말하고 있는 지금도 점점 멀어지고 있어.
해미	네가 만약 다른 세상에 있는 거라면, 나는 널 어떻게 받아들여야 할까.
유성	….
해미	넌 있는 거야?

사이.

유성	"넌 있는 거야?" 뭔가 말이 어렵게 들리네.
해미	돌려 말할 생각은 없었는데.
유성	지금 나랑 너랑 이렇게 이야기를 나누고 있잖아. 이보다 더한 증명이 필요한가?
해미	난 네 목소리만 듣잖아. 이젠 네가 있는지 없는지도 헷갈려. 어떻게 생각해?
유성	어느 정도 공감해.
해미	이해하려고 노력도 해봤어. 근데 내가 널 무슨 수로 이해할 수 있을까. 넌 항상 참으라는 듯이 말하잖아. 우주의 원리, 별의 규칙 같은 이상한 소리나 늘어놓고. 기억은 나? 어떤 생각이 드냐면, 넌 이제 나랑 다른 세상에 사는 존재 같아.
유성	… 그런 결론에 도달한 이유가 뭘까?
해미	뉴스나 주변 사람들 말로는, 이젠 네가 탄 우주선의 속도와 위치를 가늠할 수가 없대. 솔직히 어떤 면에선 신기하고 위대하다고도 느꼈어. 근데 이런 생각은 하게 되더라. '그럼 넌 다른 시공간에 있다는 건가?' '하루에도 몇십 광년을 이동하는 네가, 나랑 똑같은 시간 개념을 공유한다고 말할 수 있

나? 좀… 무서워.

사이.

유성 의외다. 지금 네가 이해할 수 있는 범위에서 최대한의 상상
력을 발휘한 가설이네. 그래도 주변을 너무 믿진 마. 걔들도
잘 몰라. 본인들의 상상 밖이라고 해서 다른 세상이니 뭐니
소설 쓰는 거? 그냥 우스워. 결과만 생각해. 지금 너랑 나랑
정신이 연결되어 있다는 거.

해미 내가 너랑 할 수 있는 게 뭐가 있을까.

유성 감정적으로 받아들이지 마.

해미 그래! 너 말 잘했다. … 너 지금 무섭지?

사이.

해미 혹시라도 못 돌아올까 봐.

유성 재밌네.

해미 정말 미안한데… 이제 힘들어.

유성 넌 다 잘하는 애잖아. 능력도 있고.

해미 봐. 넌 나에 대해 아는 게 없어. 현실이 어떤지도 모르고.

유성 나도 가끔 현실이 버거울 때가 있어, 너만큼.

사이.

유성 그래, 네가 보기엔 내가 다른 세상을 살아가는 것처럼 느껴
질 수도 있겠다. 예전의 지식으론 나처럼 우주를 여행하는

게 불가능하니까. 원래 인간이란 거 자체가 본인이 이해할 수 없으면 틀리거나 다른 존재인 걸로 규정해버리잖아.

해미   누가 그런 거 가르쳐 달래?

유성   하지만 언제까지 예전에 멈춰있을 순 없지 않겠어?

해미   그래서 네가 뭘 찾았는데. 뭐가 보이긴 해?

유성   사실 답은 안 보여. 여긴 너무 넓고 공허하거든. 그런 막막함을 안고서라도 내가 할 일은, 뭔가를 선택하고 앞으로 나아가는 일이겠지. 그리고 그 앞에 네가 있을지 내가 찾던 모래가 있을지는 잘 모르겠어.

해미   (드래그하며) 연결 종료.

해미, 퇴장한다.

유성   그래도 딱 하나 믿어줬으면 하는 건, 내 모든 선택의 대전제는 언제나 널 포함하고 있다는 거야.

암전.

5장

일 년 후. 다시 갤러리.
해미와 선배가 마주하고 있다.

선배   그땐… 미안했다. 원래 예절을 교육한다는 게….

해미   아, 이해합니다! 예전엔 저도 답답하게 일했는데요, 뭐.

선배 뭐… 그래. 그림은 원래 계속 그렸던 거야?

해미 아, 네. 여기서 제 그림을 보게 될 줄은 몰랐네요.

선배 갑자기 그만두더니… 이렇게 돌아왔네. 일 년 만에. 사람 인연이 참….

유성, 등장한다.

선배 그림… 아름답더라. 우주를 가본 사람 같달까?

해미 아… 감사합니다.

선배 여기서만 전시하긴 아까워.

해미 여기도 과분해요.

선배 작가님이라 불러야 하나?

해미 부담스럽습니다. 우연히 좋은 기회를 잡은 거뿐인데요, 뭐.

선배 (사이) 괜찮으면… 오늘 밥이라도 먹을래?

해미, 유성을 보고 얼어붙는다.

선배 싫어?

해미 (사이) 사람이란 건 참 안 바뀌나 봐요.

선배 나쁜 뜻은 아니었는데.

해미 먹어요, 밥.

선배 진짜? 맛있는 거 먹자. 좋은 곳으로 알아놓을게.

선배, 재빨리 퇴장한다.

유성, 허공에 드래그한다.

유성   해미야.

         긴 사이.

유성   내가 원하던 반응이 아닌데? 방금 나간 분은… 새로운 인연
         인가?
해미   … 손은 왜 움직이는 거야?
유성   아직은 이게 익숙하달까? 아니! 반응이 어떻게 이래? 뭔가
         드라마틱한 반응을 원했는데.
해미   그니까… 나도 내가 왜 이럴까 생각 중이야. 차분해지네.
유성   사실 나도… 엄청 고요해. 아직도 우주에 있는 것 같아.

         사이.

유성   그래서 결론은! 잘 지냈어?

         사이.

해미   내가 연결을 왜 끊었냐면!
유성   괜찮아. 이해해.
해미   (사이) 돌아왔네.
유성   찾았거든.
해미   아, 그… 모래?
유성   응.
해미   어땠어?
유성   반가웠지.

해미	돌아왔단 소식은 한 번도 못 들었는데, 뉴스에서도.
유성	몰래 왔어. 모래는 찾았는데, 모래의 의미를 못 찾았거든. 날 기다려준 사람들이 이해할 만한 의미.
해미	힘들겠네.
유성	힘들긴. 난 오히려 좋아.
해미	왜?
유성	신비로움.
해미	응?
유성	의미를 못 찾아야 내가 다시 우주로 가지.
해미	의미를 찾는 과정이 너한텐 의미인 건가?
유성	신비로움, 그 자체가 의미인 거지.
해미	참… 끝까지 이해를 못 하겠다. 그러면 거기 계속 있지, 왜 왔어?
유성	널 보러, 마지막으로.

사이.

유성	지금 상황에 어울리는지는 모르겠는데, 네가 행복했으면 좋겠어.
해미	나도 마찬가지야.
유성	이젠 네 근처를 맴돌지 않을 생각이야. 더 멀리 가게.
해미	나도 널 끌어들이지 않을 생각이야.
유성	여기선 뭘 해야 할지 모르겠어. 우주가 편하게 느껴질 정도야. 중력도 아직 적응이 안 돼. 땅바닥은 날 계속 끌어당기는데, 내 몸은 붕 떠서 어딘가로 날아가려고 하거든.
해미	솔직히 나도… 별자리나 행성, 이런 거 관심 없었다.

유성	알아. 그래도 막상 들으니까 섭섭하네.
해미	너도 내 그림엔 관심 없었잖아.
유성	… 들켰네. (사이) 마지막으로 우주 이야기 좀 들려주려 했는 데!
해미	남자들 군대 얘기보다 재미없어.
유성	나 군대 안 갔잖아.
해미	아!

사이.

유성	… 잘 가!
해미	…… 너도!

해미, 퇴장한다.

에필로그

우주로 향하는 길.
유성, 모래가 담긴 작은 유리병을 꺼낸다.
유성, 허공에 드래그한다.

유성	녹음.
	연결은 끊어졌지만, 마지막 편지를 남겨볼까 해. 불가능한 게 가능해질 수도 있으니까…. 너무 미련한가?
	이 모래의 발견이 나한텐 생명의 탄생보다 경이로운 순간이

었어.

근데 넌 여기에 어떤 의미를 부여할 수 있을까? 뭔가 의미가 부여된다면 네가 날 기다렸던 모든 순간에도 가치가 생기는 걸까?

오히려 무의미가 너한텐 의미일 수도 있겠더라.

신비로움이 날 다시 우주로 떠나게 하는 것처럼, 이 모래의 무의미는 네가 택한 현실이 틀리지 않았음을 증명해 줄 거야.

난 이기적이었어. 널 두고 떠난 만큼 빈손으로 돌아가기 싫었거든. 그리움을 발판 삼아 하루에도 수십 광년을 도망쳤거든.

그래도 난 다시 우주로 갈 거야. 이번에도 넌 이해하기 힘든, 목적지 없는 여행일지도 몰라.

우린 너무 다르고, 이걸 깨닫기까지 오래 걸렸어.

다만 한 가지, 우린 서로에게 필요한 존재였단 거야.

네가 나에겐 버팀목이자 동력이었던 것처럼, 나의 한 부분이 너의 작품에 아름다운 영감이 되기를 기도할게.

유성, 허공에 드래그한다.

유성   전송.

막.

아직은 글을 쓰는 게 즐겁습니다. 물론 '별'과 '연인'이라는 단어가 〈나의 우주에게(Dear My Universe)〉라는 희곡이 되기까지는 제 나름의 고민이 있었지만요.

올해 여름 카페에 앉아서 이 작품의 첫 대사를 끄적이던 때가 떠오릅니다. 감정에 취해서 논리를 잃기도 하고, 논리를 생각하다 보니 감정을 잃기도 하고, 그런 실수들이 하나씩 모여 이 작품과 저의 애착 관계가 형성된 거 같습니다.

광활한 우주를 배경으로 아주 작은 관계를 탐구하고자 했던 저의 소망이 전달됐다는 생각에 뿌듯하기도 합니다.

'지켜보는 것', 사실 이게 가장 어려운 일인데 저의 부모님과 동생은 그걸 해 낸 사람들입니다. 지금처럼 조금만 더 지켜봐 주세요. 언제나 감사하고 사랑합니다.

맛집을 찾아다니며 매번 같이 공연을 보는 형, 누나, 선배. 일하느라 바쁘지만, 항상 든든한 누나. 지금도 어딘선가 편집을 하고 있을 나의 친구. 패션과 타투를 사랑하는 누나. 만나진 못해도 다이렉트 메시지(DM)로 별별 이야기를 다 나누는 중고등학교 동창. 원고 마감에 지쳐 있던 저에게 활력이 되어 준 〈개인 사정〉 팀원들. 소중한 광명 친구들. 밥 두 그릇 먹는 나를 군말 없이 기다려 주는 예대 동기들. 어딘가에서 꿈을 좇고 있을 〈느릅〉 팀원들. 이제는 극장을 운영하시며 멋있게 연극을 하는 선생님. 빈틈 많은 저의 상상력을 존중해 주면서도 희곡의 기본을 알려 주시던 교수님. 모든 분에게 늘 감사하며 살겠습니다.

끈질기게 천천히 나아가겠습니다. 삭막한 세상이지만 아름다운 부분을 포착

하기 위해 부단히 노력하겠습니다. 자유롭게, 그리고 절실하게 다음을 준비하겠습니다.

조선일보 희곡 부문 당선작

가로묘지 주식회사

■

황수아

1980년 서울 출생
중앙대학교 문예창작학과 및 동 대학원 졸업
2008년 〈문학수첩〉 시부문 신인상

등장인물

가로: 가로묘지 주식회사의 운영자

세로: 가로의 동생, 묘지의 지분을 가지고 있다

순댓국: 가로묘지 만기 된 전세입자(남)

립스틱: 가로묘지 만기 된 전세입자(여)

에스그룹 연구원: 가로묘지 새로운 전세입자. 청담동 고시원에서 강 건너
　　　온 남자.

청담동: 가로묘지 새로운 전세입자. 청담동 고시원에서 강 건너온 여자.

약혼녀: 에스그룹 연구원의 약혼녀

경찰

어두운 무대. 공동묘지를 연상케 하는 비석들.

사람의 비명소리를 닮은 바람소리. 흙에 파묻히지 않은 관이 일제히 누워 있다.

초록빛 미명, 미명이 점점 보라색으로 변하며

바람소리 더욱 거세어진다.

실루엣장면

관 뚜껑이 열리고 사람1, 밖으로 나간다. 무대 밖으로 사라진다.

또 하나의 관 뚜껑이 열리고 사람2, 관에 앉아 기지개를 크게 켠다. 다시 관으로 들어간다.

또 하나의 관 뚜껑이 열리고 사람3, 일어나 앉아 화장을 한다. 다시 관 속으로 들어간다.

또 하나의 관 뚜껑이 열리고 사람4, 흐느끼며 운다. 눈물을 훔치고 다시 관 속으로 들어간다.

미명이 거두어지고 주홍빛 해가 떠오른 따스한 아침. 가로, 무대로 들어오며 손가락으로 관의 개수를 센다. 세로, 뒤따라 들어오며 수첩에 무언가를 적는다. 무대 앞쪽에 놓여있는 피크닉 테이블에 앉는다.

가로   들었어?

세로   뭘?

가로   강 건너 말이야.

세로   불이라도 났어?

가로   관 값이 얼마나 올랐는지 말이야.

세로   관 값이 오르긴 뭘 올라. 이런 싸구려 관짝이 비싸 봤자 얼마나 비싸다고.

가로　그래 맞다. 관 값이 아니고 관이 놓여있는 땅이 오른 거지.

세로　제발 그런 거 좀 신경 쓰지 마.

가로　야. 우리는 비즈니스를 하는 거야. 매일 세상 돌아가는 뉴스에 귀 기울여야 한다고.

세로　강 건너 관 값이 오른 게 우리랑 무슨 상관인데. 우린 어차피 강에서 한…참 떨어져 있잖아.

가로　왜 상관이 없냐.

세로　그러니까 형이 말해봐. 무슨 상관이 있는지.

가로　(속삭이듯) 곧 사람들이 강을 건널 거야.

세로　강을 뭐 한두 번 건너? 매일 일하러 강을 건너잖아.

가로　아니! 그게 아니라 관에서 쫓겨난 사람들 말이야.

세로　관에서 쫓겨나다니.

가로　관 임대료를 내지 못해서 말이야.

세로　그런데 왜 강을 건너?

가로　보면 모르겠냐. 더 싼 관을 찾아오는 거지. 그게 바로 (관들을 가리킨다)

세로　우리 관들이라고?

가로　당연하지. 강을 건너 북쪽으로 전진하다 보면 강 위에 살던 사람들이 쫓겨나고 그 사람들은 더 위로 또 그 사람들은 더 위로 점점 우리 쪽으로 가까워지는 거지.

세로　(속삭이듯) 여기도 충분히 비싼 거 아냐?

가로　이 정도는 껌인 사람들이 있다고. 강남 고시원 임대료가 얼만지 알고나 있냐?

세로　짐작은 가. (사이) 근데 형은 무슨 생각이야?

가로　내보내야지.

세로	노노. 그건 아니 될 말씀이야.
가로	왜 안 돼? 자본주의 사회에서.
세로	인간적으로.
가로	인간적으로? 언제부터 인간 타령이냐.
세로	그러다가 관이 진짜 관이 되면 어쩌려고.
가로	잊었냐? 우리가 아파트에 살 때 어떤 꼴을 당했는지. 기억 안 나? 그 빨간 딱지 말이야. 개처럼 쫓겨났지. 나는 그때 결심했지. 다시는 우리 걸 빼앗기지 않겠다고. 너 다시 아파트에 들어가고 싶지 않아?
세로	아파트에 사는 사람이 몇이나 된다고 그래? 제발 헛꿈 꾸지 말자. 현실에 만족하자고.
가로	다시 들어갈 수 있어. 서울에 아파트만 하나 생기면 우리는 완전히 달라지는 거야.
세로	형. 형의 패기로 여기까지 오긴 했지만. 난 너무 부담스러워.
가로	형이 그랬잖아. 너 배고프지 않게 해주겠다고. 기억나?
세로	…
가로	너 글 쓰는데 그럴듯한 서재도 하나 있어야지. 응?
세로	저 사람들 입장도 생각해보라고.

청담동, 이민 가방을 들고 등장한다.

청담동	저… 여기가 가로묘지 주식회사가 맞나요?
가로	맞아요. 어떻게 오셨죠?
청담동	관을 하나 빌리고 싶어서요.
가로	(속삭이며 세로에게) 거봐. 내 촉이 딱 맞아떨어지지?
세로	(다른 곳을 본다)

청담동   관이 있나요?

가로   어제 만기 된 관이 하나 있긴 있습니다.

청담동   제가 좀 급해서요. 보시다시피. (가방을 가리킨다)

가로   저런. 어디서 오셨죠?

청담동   (말을 피하며) 임대료는 얼마나?

가로   (양쪽 검지 손가락을 세워 11자 모양을 만들어 보인다)

청담동   아…

가로   오늘 계약하고 가시렵니까?

청담동   샤워실은 어디에 있나요?

가로   샤워실은 없고요.

청담동   샤워실이 없어요?

가로   화장실은 있습죠. 저기. 저 나무 뒤쪽으로요.

청담동   샤워실이 없으면… 샤워는 어떻게…

가로   샤워실이 있는 곳에서 살다 오셨나요?

청담동   네.

가로   좋은 곳에서 사셨나 보네.

청담동   (헛기침)

가로   화장실에 세면대가 있어요. 거기서도 웬만해서 씻을 수 있죠.

청담동   하지만… 샤워실이 없는 건 곤란해요.

가로   추가 요금을 내시면 물을 끼었을 수 있는 특수 바가지를 빌려
드립니다. 바가지 바닥에 이렇게 구멍이 여러 개 나 있어서 물
을 푸면 밑으로 샤워기 같은 효과가 나타납니다.

청담동   얼마나?

가로   물이 가랑비처럼 줄줄 떨어집니다. 기분이라도 느끼실 수 있을
겁니다.

청담동   아니. 추가 요금 얼마나요.

가로	검지로 숫자 1을 만든다.
청담동	(고개를 끄덕인다)
가로	(세로에게) 11호에 가서 짐 빼라고 그래.
세로	다짜고짜?
가로	당연하지. 일주일 전이 만기였어.

세로, 망설인다.

가로	아 빨리. (세로의 등을 두 손으로 민다)

세로, 관 11호 앞으로 간다.

청담동	좋아요.
가로	네? 아. 바가지요!
청담동	아뇨. 관이요. 물론 바가지 포함.
가로	네. 그럼 바로 계약 하시는거죠?
청담동	지금 당장 입주하고 싶은데요.
가로	뭐 안될건 없죠.
청담동	입주청소도 연결해 주시나요?
가로	입주청소요?
청담동	지저분한 것은 질색이라서요.
가로	그건 따로 알아보셔야 할텐데. 뭐. 추가 요금을 내시면 제가 해 드릴 순 있습니다만.
청담동	얼만데요?
가로	(검지로 숫자 1을 만들며) 한 장 더.
청담동	좋아요.

가로	쿨하시네요.
청담동	아직 준비가 덜 됐나요?
가로	잠시만요.

세로, 관 11호가 열려있고 빨간 립스틱을 바른 여인과 대화중이다.

가로	아직 안됐어?
립스틱	(가로에게 온다. 불만 섞인 듯) 아니 그렇게 칼같이 나가라 그러면 어떡해요.
가로	어쩔 수가 없어요. 이렇게 새로운 고객이 계시고 우리도 장사를 해야 하는 거니까요. 땅 파서 장사하는 거 아니잖아요.
립스틱	딱 일주일만 시간을 줘요.
가로	안돼요.
립스틱	너무 매몰차게 그러지 말고.
청담동	(헛기침을 한다)
가로	(청담동을 보며) 저분도 지금 당장 지낼 곳이 없으시다고요.
립스틱	아 인간적으로 그러는 거 아니잖아. 내가 여기 사 년이나 살았는데. 이제 와서 임대료를 세 장이나 더 올려 받으면 어떡해요. 나더러 어딜 가라고.
가로	아니 지금 시세를 봐요. 저 여자분은 특수 바가지랑 입주청소까지 여유롭게 추가하셨다구요. (립스틱의 등에 손을 얹고 속삭이듯) 위로 가세요. 위로. 거기 관세가 4년 전 여기 가격하고 비슷하다고 들었어요. 내가 전화 한 통 해드려요? 어쩌겠어요. 우리도 힘들어요. 빚내서 이 장사 시작한 건데 돈을 안 받을 순 없잖아요.
립스틱	아 얼마나 더 위로! 충분히 위로 왔어! (흐느끼기 시작한다)

가로　세로야 짐 좀 빼오렴.

세로, 립스틱을 위로하듯 에스코트해서 관11로 간다.

가로　곧 입주하시면 될 듯합니다.

청담동　관간 소음은 없나요?

가로　그게 사실 아파트보다 좋다면 좋은 점인데 수직으로 지어진 게 아니라 수평으로 흩어져있으니 뭐 크게 노래를 부르거나 누가 일부러 팔꿈치로 관을 찍지 않는 이상 시끄럽지 않을 거예요.

청담동　제가 좀 예민해서요.

가로　아 그러시군요. 혹시 그 전에는 어디 사셨나요?

청담동　…

가로　혹시 강…남?

청담동　청담동에 있는 고시원에 살았어요.

가로　처…청담동? 그것도 고시원! 그래서 여유가 있으셨구나.

청담동　(도도하게) 뭐…

가로　거기 임대료가 거의

청담동　많이 올랐죠.

가로　그래서 샤워시설을 말씀하셨군요. 혹시 유학파이신가요?

청담동　(활짝 웃으며) 어머. 그래 보여요?

가로　관은 처음?

청담동　뭐. 혼자 사는데 굳이 고시원에 있을 필요가 있을까 해서요. 여윳돈으로 투자나 하자 싶었구요.

가로　생각보다 괜찮으실 거예요. 우리가 한가지 자부심을 느끼는 거라면, 다른 묘지보다 관 크기가 약 20프로 크다는 거죠. 그래서 지금 가지고 계신 그 가방 정도도 같이 입실할 수 있다는 사실!

청담동　음, 뭐. 좋네요.

세로가 립스틱을 데리고 나간다.

가로　어. 이제 준비가 됐나 보군요. 그럼 제가 빛의 속도로 청소를 시작하겠습니다.

가로, 테이블 밑에서 빗자루 쓰레받기 물걸레 세제 등을 챙겨 관11로 간다. 관 안에 집어넣고 관문을 닫고 들어간다. 청담동, 또각또각 힐 소리를 내며 관 주변을 구경하며 돌아다닌다. 그때 에스그룹연구원, 들어온다.

에스그룹 연구원　당신은?
청담동　당신은?
에스그룹 연구원　안녕하세요?
청담동　아…네.
에스그룹 연구원　어떻게 여길?
청담동　당신은 어떻게 여길?
에스그룹 연구원　(헛기침하며)
청담동　(헛기침 한다)
에스그룹 연구원　그럼 볼일 보시죠.
청담동　네. 볼일 보세요.
에스그룹 연구원　담당자가?
청담동　잠깐 청소중이라…
에스그룹 연구원　아. 그럼 기다려야겠군요.

그때 세로 들어온다.

세로   어떻게 오셨어요?

에스그룹 연구원   (여자 눈치를 보며 세로에게만 속삭이듯) 관을 찾고 있습
니다.

세로   아. 관이요? 보시다시피 지금 풀 부킹상태라.

에스그룹 연구원   전혀 없습니까? 직장이 멀어져서 더는 북쪽으로 올라
갈 수가 없어요.

청담동   (에스그룹 연구원을 본다)

세로   요즘 관 구하기가 그렇게 어려운가요?

에스그룹 연구원   시내에 있는 고시원 임대료는 천정부지로 치솟았으
니 이렇게 작은 관에서라도 마음 편히 지내자 마음먹었죠. 믿
을지 모르시겠지만 사실 4년 전 제가 지금 가진 돈으로 아파트
도 살 수 있었답니다.

세로   잘 알죠.

에스그룹 연구원   벼락을 맞은 기분입니다.

세로   아. (남자의 행색을 살피며) 직장은 어디로 다니시나요?

에스그룹 연구원   에스그룹에 다녀요. 연구원이죠.

세로   그럼 여기서 차로 한 시간은 가야 할텐데.

에스그룹 연구원   한 시간에 감사하죠. 아. 여기 주차장은 있죠?

세로   있긴 있죠. 추가비용이 있지만.

에스그룹 연구원   얼마나 하죠?

그때, 가로 청소를 마치고 관에서 나온다. 땀범벅이다. 청소도구를 나
른다.

가로   누구시냐?

세로   관을 구하신다고

청담동 (에스그룹 연구원을 쳐다본다)

에스그룹 연구원 (청담동의 눈을 피한다)

청담동 (지갑에서 현금을 꺼내 가로에게 건넨다) 모두 열 세장이구요.

가로 여기 계약서에 사인 좀.

청담동 (도도하게 사인을 한다) 전 바로 입주하면 되나요?

가로 네. 물론이죠.

청담동 (가방을 가지고 관으로 간다. 가방을 넣은 뒤 몸을 넣는다) 반가웠어요. 아저씨. 또다시 이웃사촌이네요. (관 뚜껑을 닫는다)

가로 편히 쉬세요.

에스그룹 연구원 (다시 헛기침)

가로 아시는 사이?

에스그룹 연구원 고시원 옆방이었는데. 공교롭게도 또 여기서 만나네요.

가로 아. 그럼 사장님도 청담동 고시원 출신?

에스그룹 연구원 사장님이라니. 어색하네요. 네. 맞습니다. 청담동 고시원에서 왔습니다.

가로 전세를 원하시고요?

에스그룹 연구원 네.

가로 지금 풀 부킹이긴한데.

에스그룹 연구원 벌써 세 군데 돌다가 온건데.

가로 있긴 있죠. 만기 된 관이.

에스그룹 연구원 입주 가능합니까?

가로 살펴보죠. (세로에게) 13호 관에 가서 오늘 짐 빼야 한다고 말해.

세로 형. 그래도 13호는.

가로 만기 된 지 벌써 닷새나 지났다고. 우리가 자선사업가는 아니잖아.

166

세로 (가로와 에스그룹 연구원을 번갈아 쳐다보다 관 13호로 간다)

에스그룹 연구원 감사합니다.

가로 시세는 알고 오셨죠?

에스그룹 연구원 대충은 아는데…

가로 정확히는 모르시고요?

에스그룹 연구원 얼마나 하지요?

가로 (헛기침을 한번 한다. 한 손으로 숫자 1을 다른 한 손으로 숫자 2를 가리
킨다.)

에스그룹 연구원 스물한 장?

가로 (크게 웃으며) 장난도 잘 치셔라. 아휴.

에스그룹 연구원 (여전히 놀란 눈. 놀란 목소리) 그럼 얼마?

가로 아. 열두 장 열두 장이죠. 내가 사기꾼입니까?

에스그룹 연구원 (가슴을 쓸어내리며) 다행이군요. 난 또 스물한 장을 부
르는 줄. 스무 장이 전 재산이라서요.

가로 (뒤로 돌아 아쉬운 표정) 아 그러십니까. 저는 양심적으로 거래하
는 사람입니다. 하지만 한 장을 더 추가하시면 관을 조금 더 양
지바르고 통풍 잘 되는 곳으로 옮겨드릴 수도 있습니다. 관들
이 막지 않아 통풍이 잘되고 겨울에 좀 더 따뜻하죠. 전기요가
필요 없을 정도라니까요.

에스그룹 연구원 위치를 옮기는 게 가능합니까?

가로 가능하고 말고요. 그게 또 관만의 장점 아니겠습니까?

에스그룹 연구원 좋습니다. 그렇게 하죠.

그때, 13호 관에서 나와 세로와 이야기하던 순댓국, 가로에게 다가온다.

순댓국 어이. 가로. 이렇게 매몰차게 하는 법이 어디 있나. 내 돈 구해

	본다고 했잖아. 대출이 갑자기 막혀서 방법이 없었어.
가로	그걸 말이라고 해요? 대출이 막히긴 뭘 막혀. 진짜 뺑을 칠 걸 쳐야지. 은행들에서 관 대여료는 대출 비중을 늘린다고 연일 뉴스에 나오구만. 어디서 구라야. 구라는.
순댓국	나는 안돼. 나는 대출이 안 된다고.
가로	영감님은 왜 안돼요?
순댓국	그것도 번듯한 직장이 있어야 되는 거지. 은행에서 나한테 신용을 줄 수 없대.
가로	왜요? 직장 있잖아요.
순댓국	나 직장 짤렸어. 이제 아파트에서 경비 안쓴대. 원격조종 cctv가 있어서 경비 필요 없대. 난들 어쩌겠어.
가로	그럼 더더욱 안돼요. 나도 뭘 믿고 대여를 해줍니까.
순댓국	이봐. 우리 쌓인 정이 있잖아. 같이 먹은 순댓국이 몇 그릇이야? 그중에 반은 내가 샀어.
가로	누가 사주래요? 괜히 허세만 넘쳐서는.
순댓국	저 피도 안 마른 것이. (주먹을 불끈 쥐다가 다시 온순해지며) 나 좀 봐줘. 당장 노숙자 되라는 거야?
세로	형. 좀 안 되겠어? 영감님 연세도 많으신데.
순댓국	(세로와 가로를 번갈아 쳐다본다)
에스그룹 연구원	(일부러 멀찍이 걸어간다)
가로	전세금이 있는데 왜 노숙자가 돼요. (손에 침을 묻혀 방금 에스그룹 연구원에게 받은 돈 중 일부를 봉투에 넣는다) 자자. 전세금. 이거 가져가서 좀 더 알맞은 방을 구해보아요.
순댓국	이것 봐. 제발 부탁이야. 이것 봐 제발 좀.
가로	(속삭이듯) 관의 가치가 점점 올라가고 있는 것 모르겠어요? 오늘만 해도 청담동 유학파 아가씨에 에스그룹 연구원까지 이 관

을 찾았다고요. 이곳에 영감님 자리는 없습니다. 올라가세요.
더 높이.

순댓국   (하늘을 보며) 올라가긴 어딜 올라가란 말이야? 응?

립스틱, 숨어서 이 광경을 지켜보고 있다.

가로, 순댓국을 잡고 무대 밖으로 나간다.

립스틱, 가로가 자기 쪽으로 걸어오자 관 뒤에 몸을 숨긴다.

무대에 남은 세로와 에스그룹 연구원, 어색하다.

에스그룹 연구원   살기 참 팍팍해졌습니다.

세로   네. 그렇습니다.

에스그룹 연구원   그래도 이렇게 힘들 때 이 일이 대목이라서 한결 나
으시겠어요.

세로   꼭 그렇지만도 않아요. 형이랑 나는. (잠시 남자의 눈치를 살피다
가) 저희 친형이거든요. 여튼 형이랑 나는 빚이 많아요. 형이
좀 비인간적으로 해도 이해는 합니다. 저보다 훨씬 현실적이에
요. 우리가 뭐, 돈이라도 잔뜩 벌었을 것 같지만. 사실 우리도
이 관에서 생활해요. 관1호 관2호는 우리 집이에요. 한때는 아
파트에 살았었다면 믿으시겠습니까.

에스그룹 연구원   아.

세로   형도 어떻게든 일어나 보려고 노력하는 거죠. 글 나부랭이나
끄적이는 나보다 훨씬 세상에 쓸모 있는 사람입니다.

에스그룹 연구원   작가신가요?

세로　　　작가는요 무슨. 혼자 시간 날 때마다 끄적거리고 혼자만 읽는
　　　　　걸요. 아무짝에도 쓸모없는 잉여 인간이죠.

에스그룹 연구원　그래도 뭔가를 쓴다는 게 대단하시네요.

세로　　　아무나 할 수 있는 거예요.

에스그룹 연구원　저 같은 사람은 엄두도 못내는 걸요.

세로　　　좋은 회사에 다니고 조직에서 인정받는 것이 부럽습니다.

에스그룹 연구원　인정이요? 글쎄요. 그런 단어는 영 어색하네요. 한 번
　　　　　도 내가 인정받는다고 생각해본 적이 없답니다. 저도 한때는
　　　　　뭔가를 창조하는 걸 꿈꿨습니다. 그것이 한낱 푼돈으로 정산된
　　　　　다는 걸 알기 전에는요.

세로　　　푼돈이라?

에스그룹 연구원　빨리 편하게 눕고 싶네요. 관을 정말 오래 찾아다녔
　　　　　어요.

세로　　　관이 처음이신가요?

에스그룹 연구원　청담동에 있던 고시원에서… (속삭이듯) 아까 말했죠.
　　　　　그 여자 분과 같은 고시원에서 살다가 고시원 임대료가 어마어
　　　　　마하게 올라서 이렇게 강을 건너 묘지를 찾아왔어요. 관은 처
　　　　　음이에요. 어차피 하루 종일 일하다가 밤에 잠만 자면 되는데
　　　　　고시원은 사치였어요. 잘됐죠 뭐.

세로　　　낙천주의자시네요. 난 답답해 죽겠는데.

에스그룹 연구원　어차피 언젠가 내가 갈 곳도 이곳이다 마음먹으니까
　　　　　편하더라고요.

세로　　　어차피 갈 곳이 이곳이다. 저도 항상 그 생각합니다. 관이 은근
　　　　　히 잠이 잘 오거든요. 뒤척일 공간도 없으니 그냥 세상만사 잊
　　　　　고 잠을 잡니다. 그러다 문득.

에스그룹 연구원　문득?

세로   그냥 이렇게 가버리고 싶다 그런 생각이 (순간 흠칫 놀라며) 아.
        그냥 누구나 왜 그렇지 않습니까. 조금 울적할 때 새벽에 일어
        날 때 말입니다. 그냥 모두 등지고 싶다는 그런 생각을 하지 않
        습니까.

에스그룹 연구원 …

세로   죄송합니다. 제가 너무 우울한 말을

에스그룹 연구원 아닙니다.

세로   (머리를 긁적인다)

에스그룹 연구원 사실 말이죠.

세로   네.

에스그룹 연구원 사실.

세로   네?

에스그룹 연구원 저도 그럽니다. 내가 잘못한 것은 확실한데 사실 뭘
        잘못했는지 모르겠다. 매일 그런 기분이 들어요.

세로   (무언가 대답하려 한다)

        가로, 들어온다.

가로   저 영감탱이 진짜 집요하네. (에스그룹 연구원을 잊고 있다 그를 보
        며) 아. 계약서 사인하시고 바로 입주하시죠. 아까 말씀드렸듯
        열두 장입니다. 아. 통풍 좋은 곳으로 콜?

에스그룹 연구원 그러죠.

가로   그럼 한 장 더!

에스그룹 연구원 (지갑에서 지폐를 꺼내어 센다. 가로에게 건넨다)

가로   (서류를 내밀며) 여기. 사인. (손가락에 침을 발라 한장 넘기며) 또 여
        기 사인 (또 한 장 넘기며) 여기 사인. 됐습니다.

에스그룹 연구원 이제 들어가면 될까요?

가로 네. 들어가면 되고. 짐은 그게 다인가요?

에스그룹 연구원 (크로스백을 매며) 이게 답니다.

가로 요즘 미니멀리즘이 유행인가보죠?

에스그룹 연구원 (웃는다) 미니멀리즘이라. 이 관만 하겠습니까.

가로 (웃음 참는다) 세로야. 관을 옮길 거야. 여기 앞쪽으로

세로 앞쪽으로?

가로 우리 관 앞쪽으로 옮기자고.

가로와 세로, 관을 들고 끙끙거리며 무대 가장 앞쪽으로 옮긴다.

에스그룹 연구원. 무대 한쪽으로 가서 담배를 핀다. 무언가 생각에 잠긴 듯, 하늘을 바라본다.

립스틱과 순댓국, 관 뒤에 숨어서 세 명을 바라본다.

가로 자. 준비됐습니다.

에스그룹 연구원 (담배를 끄고 크게 한숨을 쉰 뒤, 관에 몸을 누인다) 감사합니다.

가로는 에스그룹 연구원의 짐을 관에 넣어주고 세로는 관 뚜껑을 덮는다. 관 뒤에서 순댓국, 무대 앞으로 튀어나오려 하고 립스틱이 순댓국을 말린다.

세로 형 소원대로 되니까 좋아?

가로 내 소원?

세로	임대료 올려 받길 원했잖아.
가로	그랬지.
세로	형은 운도 좋아.
가로	운?
세로	운!
가로	이건 예측이고 노력이야. 눈에 보이지 않는 노동이라고.
세로	자. 다음엔 어느 관 짐을 빼라고 해?
가로	(장부를 뒤지며) 어디 보자.
세로	미리 마음의 준비를 해 놔야지.
가로	좋은 자세구나. 하긴 너도 이 묘지의 주식이 있으니 노력해야 할 거야.
세로	맞아. 우리는 빚도 사이좋게 나눠 가졌지.
가로	같은 말이라도 예쁘게 하자!
세로	관이 하나 바뀔 때마다 임대료를 한 장씩 올려 받기로 한 거야?
가로	일분이라도 먼저 임대받는 게 이득이란다. 이것도 저 사람들 노력의 결과야.
세로	노력의 결과? 저 두 사람은 같은 고시원에 살다가 같은 날 쫓겨나 이리로 왔어.
가로	한 사람은 밥을 먹고 출발했고 한 사람은 밥을 건너뛰었겠지. 그렇게 누구는 먼저 도착했고 누구는 그다음 도착했어. 그게 바로 노력의 결과란다.

그때 순댓국, 튀어나온다.

순댓국	그렇지. 그렇지. 내 그럴 줄 알았어. 고작 몇 분 차이로 임대료를 올려 받는다? 먼저 온 사람이 한발 늦게 온 사람보다 한 장

이나 싸다 이거군.

가로　아 영감님 이거 무단침입인 것 아시죠? 저 경찰 부릅니다.

순댓국　어 불러봐. 나도 자네를 부당이득취득으로 고발할 테니까.

가로　나 참. 여기 자유민주주의 사회고 자본주의 사횝니다. 내가 뭐 없는 관을 가짜로 빌려주길 했어요. 기존 세입자에게 돈을 안 내어주길 했어요. 할 거 다 했구만, 뭐 부당 이득?

순댓국　나한테 얻어먹은 순댓국 다 토해내. (가로의 목을 조른다)

세로, 순댓국을 제지한다. 가로, 숨을 헉헉대고 순댓국은 뒤로 넘어진다. 그때 립스틱, 튀어나온다.

립스틱　부당이득 맞죠! 어? 솔직히 상식적으로다가! 우리한테는 일곱 장 달라고 하더니 강남에서 왔다고 하니까 열한 장 열두 장? 좀 심한 거 아니에요. 심하지. 진짜 심해. 이깟 관짝 하나를 빌려주면서 그 가격을 부르다니. 다음 사람한테는 열다섯 장 받으시려고?

가로　왜. 그러면 안 돼요? 그리고 이깟 관짝 하나? 당신들은 이깟 관짝 하나라도 빌릴 돈은 있고? 사람들이 말이야. 행동력이 능력이 되는 세상입니다. 먼저 움직이는 자가 승자라구요. 그리고 각자의 능력에 맞춰 사는 겁니다. 어쩌겠어요. 이게 시세인데.

순댓국　시세라니. 시세라니.

가로　시세 맞아요.

세로　형! 일단 이분들 진정시키고.

가로　사람들이 파는 게 시세지. 찾는 사람이 많으면 시세도 높아지는 거야.

순댓국　아니. 이건 분명히 잘못된 거야. 난 아주 배운 놈은 아니지만 허튼짓 안 하고 열심히 일했어. 내가 아파트를 바랐어, 고시원을 바랐어. 그냥 내 몸 하나 누일 관 하나였다고. 관 하나!

립스틱   (울며) 나도!

가로   왜 여기서 인생 하소연을 하지?

세로   자자. 진정들 하시구요.

가로   (심호흡 하며) 오늘 입주한 분들도 계신데 이러지 마시죠. 나갑시다. 내가 커피 한잔씩 사 드릴테니까. 일단 나가요들.

립스틱   (얼굴에 마스카라가 번져있다) 싫어요.

순댓국   우리는 어쩌라는 말이야.

가로   자. 사람이 배부르면 마음도 바뀌어. 일단 뭐부터 먹고. 자자. 나가시죠.

순댓국   누구 마음대로!

가로는 억지로 립스틱과 순댓국을 잡아끈다. 뒤돌아 세로를 쳐다보며 얼굴 찌푸린다.

순댓국   개새끼

립스틱   철면피.

가로   가요 가.

약혼녀, 들어선다. 멈칫거린다.

순댓국   (약혼녀를 보며) 어라. 손님이 끊이질 않네.

가로   내 그랬죠. 계속 손님이 든다는 건 우리 가격이 합리적이라는 증거라니까?

립스틱   (약혼녀의 얼굴 가까이 자신의 얼굴을 대며) 바가지 쓰러 왔어요?

가로, 순댓국과 립스틱을 억지로 무대 밖으로 민다.

가로   좀 소란스러울 때 오셨네요. 날씨도 쌀쌀한데 따뜻한 차 한잔? (세로를 보며) 세로야 따뜻한 레몬차 한잔 드려라. 나갔다 올게.

순댓국, 립스틱 또다시 방해하려 무대로 얼굴을 내민다. 가로, 급히 둘을 밀며 퇴장한다.

약혼녀   (한동안 말없이 묘지를 둘러보며 서 있는다)
세로   입주상담… 하러 오신 거죠?
약혼녀   (머뭇거리며) 일단 한번 둘러볼게요.
세로   아. 네. 차 한잔 드릴까요?
약혼녀   아뇨. 괜찮아요.

약혼녀, 관과 관 사이를 걷는다. 관들을 꼼꼼히 둘러본다.

세로   (난처해 하며) 저…
약혼녀   관을 좀 볼 수 있을까요? 구조는 어떤지. 그런 걸 좀 보고 싶은데…
세로   네. 가능합니다. 여기. 1호와 2호는 바로 보실 수 있습니다.
약혼녀   아. 그런가요.
세로   (관 1호로 걸어간다. 관 뚜껑을 잡는다.)
약혼녀   아. 잠시만요. 잠시 후에 보죠.
세로   네?
약혼녀   먼저. 뭐 좀 여쭤볼게요.
세로   뭘?

약혼녀	어떤 남자를 찾고 있어요. 입주자 중에.
세로	남자요?
약혼녀	키는 180센티 정도 되고 나이는 삼십대. 안경 끼고 퍽 잘생긴.
세로	사람이 워낙 많으니. 그거 가지고는 잘 모르겠는데요.
약혼녀	오늘 왔을 거예요. 오늘.
세로	아! 한 분 계시죠. 남자분. 혹시 에스그룹 다니는?
약혼녀	맞아요. 그렇게 말했을 거예요. 분명.
세로	아는 분인가요?
약혼녀	네.
세로	방금 입주하셨는데.
약혼녀	어디죠?
세로	네?
약혼녀	몇 호냐구요.
세로	그건 개인 정보 때문에… 전화를 해서 직접 물어보심이?
약혼녀	아… 그건.
세로	임차하러 오신 거 아니시구요?
약혼녀	아. 임차…
세로	…
약혼녀	사실…
세로	…
약혼녀	결혼하려던 사람인데 연락이 되질 않았어요.
세로	무슨 다툼이라도?
약혼녀	그런 건 없었어요. 다만.
세로	다만?
약혼녀	현실적인 문제가 몇 개 있었을 뿐.
세로	연락이 되지 않는데 여기 입주한 건 어찌 아셨나요?

약혼녀	(대답하기 난처한 듯 무대에서 등을 진다) 모두 다 말씀드릴 순 없지만 지금 그 사람을 쫓는 사람이 있어요.
세로	도통 무슨 얘긴지.
약혼녀	(뒤돌았을 때 눈물범벅이다) 좀 도와주세요. (휘청거린다)
세로	(약혼녀를 부축한다)
약혼녀	경찰이 동원되었어요.
세로	경찰이?
약혼녀	하지만 하나 확실한 건 그 사람은 선한 사람이에요. 제발 도와주세요. 제가 그이를 만날 수 있게요.
세로	그 말만 듣곤 제가 뭘 어떻게 해야 할지 모르겠네요. 네. 저 그분과 잠시 얘기 나눴는데 나쁜 사람 같아 보이진 않았어요. 하지만 뭔가 잘못한 게 있으니 경찰이 찾는 거겠죠?
약혼녀	네. 물론 맞아요. 하지만 그 사람은 정말 그런 사람이 아니었어요.
세로	사람을 죽였나요?
약혼녀	아뇨.
세로	누가 다쳤나요? 뺑소니 사고 같은 거?
약혼녀	아뇨. 그런 거 아니에요.

가로, 급히 달려온다.

| 가로 | 야. 저 인간들 미쳤다. 미쳤어. 경찰에 전화해. 당장. |

그때 무대 뒤쪽에서 순댓국과 립스틱, 피켓을 들고나온다. 피켓에는 "돈 액수로 사람 고르는 악덕 업주 고발한다"와 "도덕정신 어디 갔냐 생명 위에 돈이 있냐"라는 문구가 적혀있다.

립스틱 돈 액수로 사람 고르는 악덕 업주 고발한다

순댓국 도덕정신 어디 갔냐 생명 위에 돈이 있냐

두 사람은 일관되게 피켓에 적힌 문구를 외치며 가로 앞으로 전진한다.

가로 영업방해죄로 신고할 거야. (휴대폰을 꺼낸다)

립스틱 (가로에게 다가가서 휴대폰을 빼앗는다) 누가 누구를 고발한다고 그래. 자고 있는데 이 엄동설한에 사람 길거리로 쫓아내놓고.

순댓국 (립스틱에게서 가로의 휴대폰을 받는다) 죄라 그러는데 너도 그거 신 앞에 죄 아니냐? 사람 얼어 죽으라고 등 떠미는 거지.

립스틱 맞어. 맞어.

가로 여기 자본주의 사회야. 내가 내 관 가지고 내 돈 받겠다는데 왜 들 그래?

립스틱 조물주 위에 묘지주라더니. 진짜 이거야말로 갑질이지. 내가 sns에 올릴 거야. 아니 국민청원에 올려보지. (휴대폰으로 뭔가를 찍는다)

가로 진짜 정신들이 나갔나. (립스틱의 휴대폰을 빼앗는다)

립스틱 어. 무섭기는 한가 보지?

가로 엄동설한에 얼어 죽긴. 정신만 똑바로 차리면 갈 데가 왜 없어. 맨날 힘들다 그러고 세상 탓만 하지. 누군 그런 시절 없었는지 알아? 나도 멘탈 탈탈 털리던 시절이 있었어. 그런데 이렇게 바로 서기 한 거라고. 당신들도 정신 똑바로 차리고 살아봐. 있는 사람 탓만 하지 말고.

세로 형. 일단 이분들 진정시키자. 그리고 오늘은 어떻게든 거처를 마련해드리면 되잖아.

가로 아니. 나는 그리 못해. 이거 영업방해죄로 경찰에 신고할 거야.

립스틱	어. 그렇게 나온다 이거지. 나도 생각이 있다고. 내 휴대폰 내 놔.
가로	(립스틱의 손을 뿌리치며 립스틱의 휴대폰으로 신고하려 한다)
순댓국	아니 저 인간이. 남의 휴대폰을 왜 뺏어가. 정정당당하게 해야 할 거 아니야. 저 비열한 놈이.
가로	당신은 내꺼 안 뺏었어?
세로	(순댓국을 말린다)
순댓국	너도 한패라 이거지.

가로와 순댓국의 몸싸움, 그를 말리는 세로와 엉겨 붙은 립스틱까지 난장판이 되어 한바탕 몸싸움이 난다. 그 와중에 약혼녀, 매우 건조한 표정으로 그들을 바라보고 있다. 그때 무대 뒤에서 경찰, 등장.

경찰	무슨 일이죠?

립스틱, 경찰을 보고 먼저 화들짝 놀라 뒷걸음친다.

약혼녀 깜짝 놀라 뒤돈다.

세로, 가로를 일으켜 세운다.

가로와 순댓국, 경찰을 보고 일어나 매무새를 급히 정돈한다.

경찰	무슨 소란이냐고 물었습니다.
립스틱	그게…
순댓국	(립스틱을 본다)

립스틱 (순댓국을 본다)

순댓국 튀어!

립스틱 (순댓국의 옷자락을 잡고 무대 반대쪽으로 급히 뛰어나간다)

경찰 저 사람들은 왜 저러는 건가요?

가로 아. 저 그게요.

세로 형이 신고했어?

가로 아니야. 나 안 했어. 저 인간들이 내 휴대폰 뺏고 저렇게 던져 놔서 번호도 못 눌렀다고. (무대 한쪽에 뒹굴고 있는 자신의 휴대폰을 가져온다)

세로 (경찰에게) 잠시 그냥 좀 다툼이 있었습니다.

경찰 일단 제 용무부터 말씀드리죠. 사람을 찾고 있습니다.

가로 사람이요?

경찰 키는 한 180센티 정도 되는 남자고. 30대 중반 정도. 입주자 중에 혹시?

약혼녀 (헛기침을 하며 가로에게 다가온다) 잠시 얘기 좀.

약혼녀, 가로를 끌어 무대 한 켠으로 간다.

세로 보시다시피 관이 정말 많아서요. 입주자가 한두 명이 아닌데 그 정보만으로 판단할 수가 없네요.

경찰 좀 불안해 보인다거나 그런 사람이 혹시 없었나요?

세로 글쎄요. 딱히 그런 느낌의 사람은 기억에 없습니다.

가로 (약혼녀와 함께 경찰 쪽으로 다가온다) 일단은 개인신상정보를 함부로 알려드릴 수는 없어서요. 왜 그러십니까?

경찰 중요한 사건의 용의자라서요.

가로 네? (약혼녀를 쳐다본다)

세로	영장 같은 거 있으십니까?
경찰	영장 발부 전이지만 일단은 시민으로서 협조하셔야 할 텐데요.
세로	글쎄요. 저희도 뭐 서류 없이 마냥 협조하기가 그래서요.
가로	(세로의 눈치를 살피다가) 지금 말씀하신 걸로는 잘 모르겠고요. 저희도 그런 사람이 오면 바로 연락드리겠습니다.
경찰	(의심스러운 눈치로 관들을 살핀다. 가로에게 명함을 건넨다) 살펴보십시오. 그리고 아까 말씀드린 특징의 사람이 기억나면 바로 연락하십시오. (뒤돌아 있는 약혼녀를 의심스러운 듯 계속 바라본다)
가로	네. 네. 그러시죠.

경찰, 한동안 둘러보다가 나간다.

가로	찾는 사람이 아까 그 사람 맞지? 그 남자 손님.
약혼녀	감사해요. 제가 그 사람 데리고 나갈게요.
가로	괜한데 말려들기는 싫지만 그러면 안 되죠. 오늘 입주하고 계약서까지 다 썼는데. 그렇게 나가면 안 되죠. 제가 뭐 자선사업가도 아니고. 제가 괜히 숨겨준 줄 압니까?
세로	무슨 일인지 조금 자세히 말씀해주세요. 그래야 돕든지 할 것 아닙니까.
약혼녀	그 사람… 정말 착한 사람이에요.
가로	친한 사이?
세로	결혼할 사이셨대.
약혼녀	저와 같은 연구실에 있었죠. 우리는 화학자예요. (사이) 그 사람은 천재랍니다. 늘 지구오염을 종식시킬 친환경 에너지를 만들고 싶어했는데. 회사에서 물론 이 프로젝트를 지원해줬지만 인생을 바쳐 특수 수소를 활용한 에너지의 분자식과 기술 초안이

　　　　　나왔죠.

가로　아아. 머리 아프고 일단 그래서 이 사람이 뭘 했다는 거요? 사람이라도 죽였습니까?

약혼녀　아니요. 그 사람은 개미 한 마리도 못 죽이는걸요.

가로　그래서 그 에너지 뭐시기를 만들었는데 뭐요?

약혼녀　그건 그 사람이 일생을 바쳐 주도적으로 만든 거예요. 그런데 회사에서 잘렸죠.

가로　아니 그런 대단한 일을 하고선 왜 회사에서 잘렸다는 거죠?

약혼녀　그 사람이. 그 기술을 다른 회사에 팔았어요. 졸지에 산업스파이가 됐죠.

세로　산업스파이?

가로　완전 범죄자네!

약혼녀　제가 자수시킬 테니까. 제발 제가 데려가게 해줘요.

가로　아 몰라 몰라. 복잡한 거 딱 질색. 보증금 돌려줄 테니까 빨리 데리고 나가요.

약혼녀　그 사람은 그냥 너무 가난했던 거예요.

가로　세상 핑계 없는 무덤은 없답니다.

약혼녀　평범하게 살고 싶었던 죄밖에 없어요. 열심히 일해서 봉급을 모으고 집을 사고 가정을 꾸리고. 그런데 그게 안 되니까.

가로　그래서 사기를 쳐요? 아니 도둑질인가?

약혼녀　회사에서는 기대 이하의 너무 저렴한 인센티브로 후려쳤어요. 처음엔 단순히 화가 났던 거예요. 그 사람 소원이 집 하나 갖는 것뿐이었어요.

가로　그래서 기술을 팔았다?

세로　엄밀히 말하면 그분이 개발한 거니까. 사실 도의적으로는 나는 이해가 가는데 형?

가로   아니지. 이유야 어찌 됐건! 해명의 여지가 없다 이건. 뭐 우리 가 이런 얘기 계속 들을 이유가 없지 않나?

약혼녀   (억울한 듯) 어느 날 갑자기 돈이 생겼다고 말하더군요. 자기는 그 돈으로 아파트를 살 거라고 했죠. 무슨 일이 있었는지 아무 것도 몰랐어요. 그리고 우리는 결혼식 날짜를 잡았어요. 결혼 식 전에 먼저 아파트부터 샀어야 했는데… 그게 그렇게 큰 실 수가 될 줄은 몰랐어요. 결혼날짜가 하루하루 다가올수록 아파 트 가격은 매일 올랐어요. 그리고 단 몇 달 만에. 따라갈 수가 없는 지경이 되었죠. 그 사람의 그 소중한 돈으로는 겨우 고시 원 보증금 정도로 가치가 떨어졌어요. 서울은커녕 우리가 갈 곳은 아무 데도 없었어요. 그때 연락이 끊겼어요. 그 사람은 저 와 일방적인 파혼을 했고 잠적했어요. 전 처음에 그 사람 마음 이 변한 줄 알았죠. 그러다가 경찰에서 저에게 연락이 왔고, 저 도 그 사람을 찾아다니기 시작했어요. 그 사람 고시원을 찾아 갔지만 이미 거기도 보증금이 올라서 그 사람은 떠난 뒤였죠. 그리고 수소문한 끝에 이곳에 오게 된 거예요. 예상은 했지만 이제 그 돈으로는 관 하나를 빌리는 것밖에 안 된다는 게. 막상 여기 오니 더 어이가 없고. 믿기지 않네요.

가로   엥? 그럼 아까 있다고 했던 돈이?

약혼녀   사실 저도 그 사람 정말 무슨 생각이었는지 모르겠어요. 그냥 자수하고 다시 일어서면 되는 건데.

세로   한마디로 인생의 모든 것을 팔았는데 관짝 하나를 빌릴 수 있 게 된 거네요.

가로   어이. 관짝 하나라니! 우리 자산을 그렇게 하대하지 마라.

약혼녀   막상 이 현실을 접하면 너무 황당하죠. 그이에게 전하고 싶어 요. 아직 당신을 사랑하는 내가 있으니까 마지막으로 힘을 내

보라고.

세로   일단 그분하고 말씀 나눠 보시죠.

약혼녀   몇 호실인가요.

가로   그분이 좀 양지바른 쪽으로 옮겨 달라 그래서 우리가 쓰는 1, 2호실 앞에 0호실쪽으로 옮겼습니다.

약혼녀   (무대 가장 앞쪽 관으로 걸어간다) 여기요?

가로   네. 그 관입니다. (세로에게 속삭이듯) 넌 진짜 오지랖이야.

세로   미안해.

약혼녀, 비명소리 들린다.

가로   왜 그래요. 뭔데 그래요?

세로   (급히 약혼녀에게 달려간다)

0호 관 바깥으로 피가 흥건하게 고여있다.

약혼녀   (놀라 뒤로 나자빠진다)

가로   (피를 밟아 관 옆으로 넘어지며 몸에 피가 묻는다) 야 이게 무슨 일이냐. 뚜껑 열어봐. 뚜껑.

약혼녀   열지 마요. 열지 마. 못 보겠어요.

세로   (관 뚜껑을 조심스레 연다. 놀라 뒤로 넘어진다)

가로   경찰! 경찰 불러. (정신없이 주머니에서 휴대폰을 꺼내 번호를 누른다) 사람이… 죽…

약혼녀   끊어요.

세로   네?

약혼녀   아니라구요.

세로	아무도 없어.
가로	(전화를 끊는다) 그럼 그 피는 뭐야?
세로	몰라
약혼녀	(주위를 둘러본다) 제발 살아있기를.

무대 점점 어두워진다.

막.

　연극이라는 것을 처음 보았을 때가 기억납니다. 스무 살 봄이었습니다. 제가 처음 본 연극은 시종일관 긴장감에 숨을 쉴 수 없을 정도로 몰입되는 경험을 가져다주었습니다. 그 뒤 저는 희곡을 쓰고 싶었습니다. 대학로에서 매주 주말마다 연극을 봤습니다. 국내외의 고전극, 현대 창작극, 사회 풍자극, 코믹극 등 여러 장르의 연극을 보면서 극적인 사건이란 어떤 것일까에 대해 고민해 보았습니다.

　대학을 졸업하고 직장생활을 하고 결혼을 해 두 아이를 낳고 기르는 생활 속에서 연극에 대한 고민을 할 겨를이 없었습니다. 돈을 벌 궁리를 하고, 아이를 교육시키고 살 집을 옮겨 다니면서 연극이 아닌, 그저 삶에 대한 고민을 하게 되었습니다. 시간 날 때 커피숍에 앉아 틈틈이 몇 편의 희곡을 썼습니다. 그 과정 속에 느낀 것은 진정한 극적 요소는 멀리 있는 게 아니라 지금 내가 살고 있는 이 삶과 힘겹게 헤쳐 나가는 생활 속에 있다는 점이었습니다.

　〈가로묘지 주식회사〉는 최근 몇 년 동안 저와 저의 친구들이 겪은 어려움을 담은 작품입니다. 셰익스피어의 말처럼 세상은 하나의 무대인 것 같습니다. 극적인 사건은 현실 속에 늘 존재하더군요. 앞으로도 저는 '좋은 희곡은 무엇일까' 에 대해 여러 질문을 던지겠지만 삶의 기저에서 그것을 발견하기 위해 노력할 것이라는 점만은 분명합니다. 부족한 작품을 뽑아주신 심사위원들께 감사 인사 올리며, 늘 저를 믿고 응원해주는 가족들에게 사랑하는 마음을 전합니다. 극작가는 20년 넘게 저의 꿈이었습니다. 이 시작을 씨앗으로 희곡 창작에 꽃 피우도록 노력하자는 결심을, 지면을 빌려 스스로에게 약속해봅니다.

한국극작가협회 희곡 부문 당선작

발걸음 소리

■

차수자(본명 김정수)

1982년 출생
한국예술종합학교 영화과 졸업

등장인물

차수자: 40대 여성

신옥성: 80대 여성

김유민, 그것: 중학생 여성

경찰, 관리소 직원: 40대 남성

무대 위의 공간은 앙상한 프레임으로 간결하게 표현한 낡고 오래된 아파트 일부다. 꼭대기 층 15층과 옥상으로 향하는 옥탑층, 총 두 층이 놓여있다. 15층에는 수자 가족이 산다. 식당 겸 거실과 방 두 개로 이뤄진 단출한 공간이다. 식당 겸 거실에는 식탁이 놓여있고, 방1에는 두꺼운 겨울 이부자리가, 방2는 아무것도 없다. (언제나 어둡게 드리워진 이곳은 수자의 방이라는 사실을 어렴풋이 예상할 수 있지만, 극에 사용되지는 않는다) 수자 집의 현관을 나오면 맞은편에는 엘리베이터가 있고, 옥탑 층으로 올라가는 계단이 있다. 엘리베이터 공간은 실제 움직이지 않지만, 층수를 표현하는 숫자 전광판이 있어서 엘리베이터의 이동을 알 수 있다. 작은 계단을 통해 올라갈 수 있는 옥탑 층은 수자 집 바로 위에 있다. 주민들이 버린 폐가구들이 버려진 공간이다. 이곳에는 커다란 창문 하나와, 옥상으로 나가는 (기능 없는) 문 하나가 설치되어 있다. 이곳 창문의 빛 변화를 통해 대략적인 시간을 알 수 있다.

천천히 소란스러운 소리가 들리더니 무대 가득 울린다. 사이렌 소리와 웅성대는 사람들의 소리로 난잡하다. 아이가 자살했다는 주민들의 웅성거림이 언뜻 들린다.

옥성이 자기 방에서 벌떡 일어난다. 소리에 귀 기울이며 식탁으로 나온다.

신옥성　(가만히 듣다가) 왜 이리 시끄럽냐. 무슨 일이야 이게. 아주 난리가 났네. 이게 무슨 소란이야. (물을 한 컵 마시고 조금 진정해본다) 시끄러라! 시끄러워! 사람이 살 수가 없다! 쿵쿵거리면서 달려드는 것 같이 왜 이리 가슴을 쳐대는 게야. 수백 명이 달라붙어서 막 가슴을 발길질해대는 것 같네. 이렇게 신경이 곤두서는데 여기서 어떻게 살아.

옥성이 괴로워하다가 자기 방에 들어가 오래된 겨울 이부자리 속에 얼굴
을 파묻는다. 사이렌 소리와 웅성대던 사람들의 소리는 사그라든다.
잠시 후 기괴한 모터 굉음과 함께 무대 전체에 조명이 밝혀진다. 수자가
엘리베이터를 타고 올라온다. 1층에서 15층까지 전광판 숫자가 올라간다.
엘리베이터 안에서 수자는 고개를 숙이고 무언가에 골몰하고 있다.

차수자　(혼잣말처럼) 어디서부터 잘못된 거지.

전광판이 15층을 알리고. 엘리베이터 도착 음이 나면 모터 굉음도 멈춘
다. 수자가 엘리베이터에서 나온다. 방안에서 옥성이 한걸음에 현관까지
달려 나온다. 수자가 집에 들어서자 옥성이 수자를 붙잡고 한탄을 쏟아낸
다. 중간중간 엘리베이터 모터 굉음이 들린다.

신옥성　넌 왜 이제 들어오는 거야!
차수자　(넋이 나가 있다) 별일이네.
신옥성　저 난리 통에 네가 왜 가있어! 늙은이 혼자 두고 왜 가!
차수자　(혼잣말처럼) 당황스러워.
신옥성　잡것들 다 와서 난리굿을 피나봐. 내가 지금도 헛것 듣는 게냐?
차수자　그 여자애 있잖아.
신옥성　무슨 여자애.
차수자　엄마 괴롭히던 여자애.
신옥성　맨날 옥상에 올라와서 쿵쾅거리던 귀신같은 년.
차수자　응.
신옥성　또 걔야? 이번엔 무슨 작당 짓을 했길래 소란스러워.
차수자　황당해.
신옥성　뭘 어쨌는데!

차수자 걔가 자살했대.

신옥성 (뜻밖이라 생각하며 잠시 생각하다가) 걔가 왜 죽어.

차수자 몰라. 그냥 죽었대.

신옥성 (잠시 생각해보다가) 근데 왜 이리 쿵쾅거려! 전쟁통마냥 왜 이러
        는 거야.

차수자 밖에 구급차도 오고, 사람들도 모여있어.

신옥성 걘 평소에도 난리를 피우더니만, 어쩜 가는 날까지 이리 소란
        스러워.

차수자 그러게. 어쩜 그렇게 떠나.

신옥성 사람 사는 게 아니야. 이건.

차수자 왜 이리 마음이 안 좋지. 가슴이 아프네.

신옥성 사람이 죽었는데 마음이 안 좋지, 그럼!

차수자 난 어제 만나서 얘기도 했었잖아. 믿기지가 않아.

신옥성 사람 가는 것 순서 없고, 예고도 없는 거야. 그래서 무서운 게
        야.

차수자 이사하자마자 이게 무슨 일이야.

신옥성 그래서 왜 죽은 거야?

차수자 나도 몰라. 그냥 떨어져 죽었대.

신옥성 (귀를 막아대며) 끔찍해. 하여간 여긴 하루라도 조용할 날이 없
        네. 이래서 어떻게 살아. 이렇게 소란스러운 곳에서 어찌 사람
        이 살아.

차수자 심장 떨려. 진정이 안 되네.

신옥성 아주 징글징글해. 이 아파트. 죄다 싹 밀어서 공터 만들어야
        해. 뭐가 있지 않고서야 어쩜 이래. 뭐 씌었다고 내가 얘기했
        지? 사람 죽어라, 죽어라 해대는 게 있다고 분명히 말했지?

수자가 정신을 못 차리고 주저앉듯 식탁에 앉는다. 옥성은 혀를 차면서 낡은 아파트를 욕해댄다.

무대가 암전되고.

두 사람의 저녁 식사 모습으로 바뀐다. 단출한 반찬들이 식탁에 놓여있다. 고요한 실내. 아무 말 없이 밥을 먹는 두 사람. 가끔 모터 굉음이 한 번씩 들린다.

차수자   (옥성을 살펴본다) 이제는 무슨 소리 안 들려?

신옥성   내내 시끄럽더니 이제 조용하네.

차수자   그러게. 이제 조용하네.

신옥성   사방 소리가 다 나 잡으러 달려드는 소리 같아. 넌 온종일 집에 없으니까 모르지. 아무도 없는 집에서 내가 얼마나 별의별 소리에 시달리는지. 정말 죽을 때가 되었나 봐.

차수자   (찬장에서 약을 꺼낸다) 정말 이 아파트는 왜 다 죽겠다는 사람들 뿐인 거야.

        (약을 옥성 앞에 올려두며) 약이나 잘 챙겨 드세요. 나도 엄마 소리 타령 때문에 마음이 만신창이야. (다시 앉아서 식사한다)

신옥성   이 구질구질한 집구석에 있으니까 그냥 다 안 좋아져.

차수자   괜히 이사했나 봐. 이사해도 달라진 게 없네.

신옥성   (버럭대며) 그렇다고 그 전 집구석에서 어떻게 그냥 살아! 그게 어디 사람 살라고 지어진 집이더냐? 무슨 판자때기 세워둔 것 보다도 못해. 웅성 웅성 웅성. 옆에서 방귀 뀌고 똥 싸는 소리 까지 다 들려.

차수자   그래서 구질구질해도 여기 온 거잖아. 좀 된 아파트가 벽이 두껍게 지어졌다고 해서. 층간 소음 없다는 꼭대기 층으로. 난 직 장까지 멀어도 엄마한테 아무 소리 안 하고 사는데, 정말 너무 해.

신옥성 (기세에 누그러져서) 구질구질해도 여기가 전에 살던 데보다는 낫
지. 근데 여기도 소란스러워.

차수자 엘리베이터 모터가 옥상에 있어서 울리는 거래. 요즘은 어딜
가도 소음은 피할 수 없어.

신옥성 그뿐이냐? 사람 죽어 나가는 거 봐라. 뭐가 있대니까.

차수자 제발 이상한 소리 좀 그만해요. 진짜 귀신이 잡아갔으면 좋겠
네.

신옥성 제대로 집을 골라 갔으면 내가 안 이랬지.

차수자 (갑자기 예민하게 받아들이며) 또 내 탓 하는 거야?

신옥성 아니, 그년. 죽은 애. 그년 탓하는 거다.

차수자 죽은 애 얘기를 왜 자꾸 해.

신옥성 내가 얼마나 시달렸냐? 낮이고 밤이고 위에 올라와서 '까르륵!
까르륵!', 어찌나 처 웃으면서 소란을 부리던지…, 노인네 놀리
는 것도 아니고.

차수자 그런 줄 몰랐어.

신옥성 내가 뭐랬어! 시끄러워서 살 수가 없다고 그랬지? 넌 병원 가
봐. 우리 이사 올 때부터 걔가 그러고 앉았었는데, 어쩜 그걸
못 들어.

차수자 이미 끝난 일이잖아.

신옥성 (흥분해서) 시도 때도 없이 위에 올라와서, 막 "우다다다다다
다닥!" 들개떼처럼 달리는 소리도 들리고…, 내 앞에서 그러는
것처럼 소리가 생생했대도? 이게 무슨 조화인가 하고 가만 들
어보니까 내 방 위에서 들리는 거야. 위에 살더라고. 고것.

수자 집 위, 옥탑층 후미진 구석에서, 오래된 담요로 몸을 덮고서 숨어

있던 뭔가가 슬며시 일어난다. 검은 망토로 몸을 꽁꽁 싸매고 있어서 누구인지는 정확히 알 수 없다. 체구가 작고 더럽다. 그것이 절뚝거리며 옥탑층을 배회하다가 내려온다. 절뚝. 절뚝. 배회할 때마다 발걸음 소리가 크게 울린다.

신옥성 (발걸음 소리가 들릴 때마다 위를 쳐다본다) 쿵. 쿵. 내가 밥이라도 먹을라치면 쿵! 내가 잠이라도 잘라치면 쿵! 쿵!, 내가 숨이라도 쉴라치면 쿵! 쿵! 쿵! 쿵! (그것이 옥성의 쿵 소리에 맞춰 계단을 내려온다) 처음엔 나 잡으려고 온 건가 싶어서, 시체처럼 누워만 있었어. 소리 내면 귀신 심기라도 거스를까 봐. (얼굴 가리고 자는 시늉) 넌 몰랐지? 왠지 사는 게 죄스러웠는데 마치 꾸짖는 양, 자꾸 날 책망하면서 벼락 내리듯이 천장을 쿵! 쿵! 치는 거야. '왜 사냐! 왜 넌 아직도 살고 있냐!'

수자가 사는 15층 복도로 내려온 그것이 수자 집 현관 앞에 서서 구멍으로 안을 들여다보는 시늉 한다.

차수자 왜 그런 억한 생각을 하실까.
신옥성 (옥성이 그것의 기운을 느끼고 현관 앞으로 간다. 현관을 사이에 두고 둘이 대면하고 있다. 들여다보는 그것과 귀를 가져다 대는 옥성의 모습) 가만 들어보니까 욕지거리야. 욕. 아주 상스러운 게 저주인게지. '빨리 뒈져라! 뛰어내려라! 코를 못자리에 처박아라!' 그러더니만, 지가 뛰어내려 죽었네.
차수자 그냥 엄마 상상이잖아. 위에서 소리 들리니까, 귀신 있다고 생각하고… 웅성대니까 욕한다고 여기고…, 맨날 죽어야지, 죽어야지 염불 외고 있으니까 쓸데없는 생각을 하지. 모든 게 다 자

196

기 괴롭히고, 잡들인다며 혼자 그러는 거라고. (식탁을 치면서) 아우, 피곤해. 치우게 빨리 좀 잡수셔요.

신옥성 얘가 소란 피운 건 맞잖아!

차수자 뒷걸음치다 쥐 잡은 격이지. 귀신이 아니라 얘였다고요.

신옥성 매한가지지. 멀쩡한 사람이 그래?

차수자 올라가 보니까 담배꽁초가 고래 무덤처럼 쌓여있더라. 옥탑층이 그 아이 노는 아지트였더라고.

신옥성 걘 도대체 뭐 하는 년이길래 그래?

차수자 그러게. 나이도 어린 게…

신옥성 그래서 왜 죽은 거라고? 올라와서 못 놀게 한다고 죽은 거야?

차수자 내가 그 속을 어떻게 알아요. 같이 사는 엄마 속도 모르겠는데, 그 애 속을 내가 어찌 알아.

신옥성 어제 니가 올라가서 작살을 냈다며! 얘기를 해봤을 것 아니냐.

차수자 그냥 올라오지 말라고 한마디 했어.

신옥성 나 잡도리하듯이 작살 내놔서 죽었나 보다. 나나 되니까 니 성미도 참고 살지.

차수자 (갑자기 싸늘해진다) 엄마, 말을 어떻게 그렇게 해요? 애 죽은게 내 탓이라고?

신옥성 (딴소리하듯) 싹수가 노란 년. 뭐라 했다고 해코지할까 봐 걱정이었는데, 차라리 잘됐어.

차수자 말을 왜 그렇게 해. 벌 받아. 엄마도 이제 마음 편하게 좀 하고 살아요. 나 제발 행복해지고 싶어.

신옥성 아무튼 징글징글해.

차수자 (옥성이 먹는 걸 지켜보다가) 그것만 드시지 말고, 채소 좀 드세요. 비타민을 먹어야 두뇌에도 좋대. (옥성의 밥공기에 나물을 집어 올려놓는다) 엄마 보면 돌아가신 노 할머니 자꾸 생각나.

신옥성	누구?
차수자	노 할머니. 나 어릴 때 키워주셨다는 분. 백 살에 떡 먹다가 앉아서 돌아가셨다는 분.
신옥성	왜 생각나? 오래 살 것 같아서 생각나? 고사 안 지내도 나 오래 못 산다.
차수자	몰라. 엄마 늙을수록 옛날 그 할머니 생각나. 너무 늙었어.
신옥성	너도 금방이다. 이년아.
차수자	그래. 나도 거울 보고 있으면 가끔 엄마 쭈글쭈글 얼굴 떠올라.
신옥성	날 빼닮았으면 황송해해야지.
차수자	몰라. 그냥 다 싫어.
	(자리에서 일어서며 구석에 있는 쓰레기통을 정리한다) 얌전히 밥 잡수고 계세요. 나 쓰레기 버리고 올 테니까.
신옥성	빨리와. 늙은이 혼자 있다고 누가 와서 또 지랄할라.
차수자	이제 아무도 안 와. 이 집구석.

수자가 쓰레기를 담은 노란 봉투를 가지고 현관을 나와 엘리베이터를 탄다. 엘리베이터를 제외하고 어두워지는 실내.
전광판 숫자가 내려가더니 5층에서 멈춘다. 경찰이 멀리서 다가온다. 엘리베이터를 탄다. 수자가 순간 당황해하며 몸을 획 돌린다. 전광판의 숫자가 잠시 멈춰있다. 모터 굉음은 계속된다. 경찰이 움직임도 없이 수자 앞에 가만히 서 있다. 수자가 망설이다가,

차수자	저기요. (대답을 기다리는데 경찰은 대꾸가 없다) 저기….
경찰	(고개를 돌리며) 아, 저요?
차수자	혹시 502호 때문에 오신 거세요?
경찰	(시선을 거두고 다시 앞을 본다) 네.

차수자   왜 죽었는지 아시나요?

경찰   (주민의 호기심에 엮이지 않으려 애쓴다) 글쎄요.

차수자   (대답을 기다리는데 더는 말이 없자) 제가 어제 걔 봤었어요.

경찰   (몸을 돌려 수자를 본다) 어제 아이를 만나셨다고요?

차수자   (경찰의 관심에 조금 놀라서) 아니, 그냥 봤다고요.

경찰   제보할 게 있으신가요?

차수자   아니요. 그건 아니고…. 근데 왜 죽은 건데요?

경찰   자살 같은데요.

차수자   그러니까 왜 죽었냐고….

경찰   (무시하고) 어제 아이는 몇 시경에 보신 거죠?

차수자   점심 때 잠깐 봤어요. 별 얘기 안 했는데.

경찰   아이가 특별히 남긴 건 없어서, 여러 가지 증언해주시면 도움이 되죠.

차수자   혹시 옥탑층 얘기는 안 하던가요? 평소에도 자주 올라왔는데….

경찰   거기서 투신한 거 아닌가요? 무슨 일이 있으셨는데요.

차수자   (혼잣말처럼) 복수할 거라고 했나….

경찰   네?

차수자   (당황해하며) 아니, 잘못 들었을 수도 있고요.

경찰   복수요? 누구한테요? 아이가 그리 말했다고요?

차수자   아니, 내가 꿈꾼 건가.

경찰   네?

차수자   아니, 죄송해요. 내가 무슨 말을 하고 있지.

경찰   계속 말씀해 보세요.

차수자   내가 미쳤나 봐. 말이 막 헛나와. 꿈꿨어요. 제가 요즘 약 먹어서….

경찰	그러지 마시고 차분히 말씀해 보세요.
차수자	혹시요. 자살이더라도 주변인들 취조받고 그러나요? 원인 제공 어쩌고 있잖아요….
경찰	원인 제공이요? 저희는 중재해 드리죠.
차수자	아니, 원인 제공이 아니라요. 그냥 몇 마디 나눈 건데….
경찰	무슨 일 있으셨는데요.
차수자	아니, 아무 일도 없었어요. 그냥 궁금해서요.
경찰	(이상한 표정으로 수자를 쳐다본다) 몇 호 사시죠?
차수자	(당황해하며) 저한테 왜 이러세요. 죄송한데 엮이기 싫어요.

순식간에 전광판 숫자가 변한다. 5, 4, 3, 2, 1. 땡. 소리. 모터 굉음이 멈춘다.

경찰	한번 방문 드릴게요. 할 얘기가 있으신 것 같은데….
차수자	(혼잣말처럼) 내가 미쳤나 봐. 엄마한테 옮았어. 지금 뭐라는 거야. 나.

수자가 급하게 엘리베이터를 나와 무대 밖으로 뛰어나간다. 수자가 엘리베이터에 그대로 두고 간 노란 쓰레기봉투를 들고 망연자실 서 있는 경찰. 무대가 암전된다.

옥성의 방. 옥성과 수자가 오래된 빨간 겨울 이불을 깔고 자고 있다. 코를 고는 옥성. 수자가 천천히 일어난다.

차수자	엄마, 자? (대답 없이 코 고는 소리뿐이다)
	정말 오랜만에 편하게 주무시네요. 그동안 그 여자애 때문에

진짜 시달리셨나 봐. 난 오늘따라 잠이 안 오네. 자꾸 괜한 상
념들이 떠올라.

수자는 곰곰이 뭔가 골몰하다 도로 눕는다. 옥성을 껴안아 보는데, 옥성
이 잠결에 짜증을 내며 수자를 밀쳐낸다. 다시 벌떡 일어나 앉는 수자.

차수자   어제도 엄마가 위에서 자꾸 귀신 소리가 들린다고 했잖아. 평
소 같았으면 그냥 대꾸도 안 했을 텐데, 어제는 왜 거길 올라갈
생각을 했던 걸까? 처음이었어. 정말 운명같은 이끌림이 있나
봐. 당연히 엄마가 헛것을 듣는다고 생각했는데, 있는 거야. 옥
상 가는 길 걸리적거리게 막고 있는 흉물스러운 빈백 있잖아.
거기에 처음 보는 여자애가 앉아 있는 거야. 귀신 대신. 아니
숨어 있던 건가.

옥탑층의 불이 켜지며 낡은 담요를 뒤집어쓰고 소파에 웅크리고 앉아있
던 교복 차림의 유민이 고개를 든다. 객석을 응시하고 있는 유민.

차수자   학교도 안 가고 왜 거기 있던 걸까? 왕따를 당하는 아이였을까?
팔에 이상한 상처들도 있었어. 자해인지, 괴롭힘인 것인지….
신옥성   (나지막하게, 잠꼬대인지 대꾸인지 알 수가 없다) 징글징글해.
차수자   안 자고 있었어? (대답이 없다. 한참 대답을 기다리다가) 사실 요즘
엄마가 너무 미웠어. 엄마 때문에 모든 게 징글징글했거든. 그
놈의 환청! 신경질! 망상! 결국 엄마는 아무도 못 알아보고, 밥
도 안 먹고, 방에다 오줌을 지리고, 싸고 먹으면서 끔찍하게 날
괴롭히며 갈 것 같은 거야. 엄마를 그리 버려둔 나는, 모두에게
나쁜 년이 되어 있고. (허탈하게 웃으며) 이런 말 하는 나, 진짜

나쁜 년이지?

유민이 위에서 담배를 피우며 낄낄거리며 평화롭게 책을 읽는다. 자기만의 시간을 갖는 모습.

차수자   그런데 옥탑층에 엄마를 미치게 하는 아이가 앉아 있는 거야. 귀신 흉내를 내던 아이. 엄마가 점점 나빠졌던 것도, 즐겁지 않던 이 집의 생활도 다 그 소리 때문이잖아. 이사하면 우리 행복해질 줄 알았는데…, 조용히 이 집에서 엄마 괜찮아지고, 나도 마음 추스르고, 정말 다 좋아질 수 있었는데…, 거기서 뻔뻔하게 자빠져 있는 걜 보니까 화가 치밀어 오르는 거야. 그렇게 태평하게 담배를 태우고, 책을 쌓아두고, 지 집마냥 쿵쿵 뛰면서 놀던 그 아이가 괘씸해 죽겠더라고. 그래서 다 쏟아냈어.
   (분노에 차서) '도둑이니? 쥐새끼처럼 들어와서 뭘 훔쳐 가려고?'

김유민   (옥탑층에 있는 아이가 일어난다. 마치 수자가 앞에 있는 것처럼 연기하며) 그냥 가만히 앉아있었는데요.

차수자   (방에서 마치 아이와 대면해 있는 듯) 아파트 무너지도록 쿵쾅대면서 뭘 가만히 있어. 이게 웃으면서 사람 말려 죽이는 거지 뭐야. 너 따라와. 사람 불렀어.

김유민   (절뚝거리며 어떤 힘에 이끌려 끌려가는 듯한 모습)

차수자   (아이와 대면하고 있는 듯이, 자는 옥성을 보며) 진짜 가지가지 하네. 여기 물건들은 다 뭐야! 왜 정신 사납게 여기다 이리 쌓아 두는데!

김유민   이제 안 올라올 거예요. 이상한 사람 아니에요. 저 여기 살아요. 이웃이에요.

차수자   여기 산다고? (아이를 한참 쳐다본다) 너 같은 애를 본 적이 없는데. 도둑 같은데? 가서 확인해보자.

김유민 (천천히 옥탑층 계단을 내려오며) 안돼요. 엄마가 학교 안 간 거 알면 죽어요.

차수자 이런 일로 사람 안 죽어. 네 행동에 응당 책임을 져.

김유민 저 진짜 아무 짓도 안 했어요. 그냥 위에서 쉬기만 했어요. 한 번만 눈 감아 주세요.

차수자 학교 안 간거 알면 죽어? 너 때문에 우리 엄마가 죽어!

김유민 한 번만 봐주세요. 진짜 엄마 죽어요.

유민이 혼자 끌려가듯 엘리베이터를 탄다. 엘리베이터 구석에서 웅크리고 운다. 전광판 숫자가 5층을 향해 내려간다.

차수자 (객석을 바라보며) 엘리베이터 거울을 보는데, 내 얼굴이 너무 일그러져 있더라. 참 나도 많이 늙었어. 추해. 요새 난 왜 그리 화가 나 있었을까? 그 절뚝이던 여자애는 왜 그렇게 울고 있었을까?

무대 안으로 관리소 직원이 등장한다. 엘리베이터에서 내린 유민과 함께 수자네 현관 앞에 선다.

차수자 뻔뻔한 아이의 거짓말을 확인하려고 502호로 갔어. 거기 산다고 하더라고. 믿을 수 없었는데 진짜 거기 사는 아이였어.

수자가 일어난다. 방에서 나와 현관 앞으로 다가간다. 관리소 직원과 유민을 마주한다.

차수자   (관객을 보며) 그 아이 엄마가 나오는데, 얘랑 똑같이 절뚝이고
있는 거 있지? 저 딱한 모습은 유전인 걸까? 문 안으로 그 집구
석이 보이는데, 깜깜한 거야. 불도 안 켜고 사는 집처럼.
(관리소 직원을 바라보며) '얘 때문에 우리 엄마, 불쌍한 우리 엄마
지병 더 도지셨어. 어떻게 책임질 건데. 이건 고치지도 못해.
어떻게 처벌 못 하나요? 계속 시달리다가 저희 다 죽게 생겼어
요.' 그랬더니, 그 집에 사는 아줌마가 그러는 거야. 어쩜 그리
뻔뻔한지.
(유민을 노려보며) '너 이럴 줄 알았어. 너 자꾸 이러면 나 그냥
죽어 버린다고 했지? 또 나 곤란하게 하면 그냥 콱 혀 깨문다
고 했지? 두고 봐라. 내가 빈말하는지. 평생 혼자 사무치고 살
아봐. 나 죽으면 다 니탓이야. 똑똑히 알아둬. (눈을 부릅뜨고 객
석을 바라보며) 왜 다들 날 못 잡아먹어서 안달이야? 정말 억울
해서 살 수가 없어. 그냥 평범한 다른 집들처럼 조용히 살고 싶
은데, 왜 가만히 있는 날 이리 못살게 만드냐고!'

유민이 갑자기 주저앉고 울부짖기 시작한다. 수자가 깜짝 놀라 일어나 다
시 옥성의 방으로 들어간다.

차수자   (방 가운데 서서 객석을 바라보며) 난 그런 절규를 처음 봤어. 짐승
같더라고. 기가 다 빨려 버렸어. 가는 길에 관리 아저씨가 그러
는 거야. 저 아줌마 자살 소동으로 몇 번 신고 들어왔었다고.
원래 저런다고. 주기적으로 순찰은 할 테지만, 웬만하면 참고
사시라고. (다시 옥성의 옆에 누우며) 그리고 그날 아이가 죽어 버
렸네? 하필이면 그날? 내 탓인 것처럼. 내가 죄를 지은 걸까?
(옥성을 바라보며) 어디서부터 잘못된 거지? 뭐가 어긋난 거야.

엄마? 자? 내 얘기 안 들어? 나 혼자 얘기해?

수자의 집이 어두워진다. 옥성의 코 고는 소리가 울려 퍼진다.
엘리베이터 전광판이 5층을 알리며 켜진다. 유민이 절뚝이면서 엘리베이
터를 탄다. 육중한 모터음이 울리며 15층에서 유민이 내린다. 천천히 옥
탑층에 올라가며 '뒈져버려! 뛰어내려! 코 박고 죽어!'라고 혼잣말한다.
옥탑층에 있는 더러운 빈백에 파묻히듯 앉아서, 숨겨져 있던 담배를 꺼내
피운다.

김유민 그게 다 내 탓인 것처럼. 그냥 나 때문이래. 다 내 문제인 거야?
방법이 없어. 아무리 생각해봐도 그냥 태어나지 말았어야 해.

유민이 옥탑층 창문으로 다가간다. 창문을 활짝 열자 사나운 바람 소리가
울린다. 담배를 태우며 한참 아래를 내려다본다.

김유민 자꾸 이러면 나 그냥 죽어 버린다고 했지? 두고 봐라. 내가 빈
말하는지. 나 죽으면 다 니 탓이야. 똑똑히 알아둬.

순식간에 몸을 휙 하고 던진다. 세찬 바람 소리와 함께 "쾅!" 소리가 울
린다.
수자네 집이 밝아진다. 수자가 벌떡 일어난다. 여전히 코를 골며 자는
옥성.

차수자 무슨 소리야. (옥성을 흔들어 깨우며) 엄마, 소리 못 들었어?
신옥성 (깜짝 놀라서 깨며) 놀래라. 왜 이래.
차수자 쿵. 소리!

신옥성	지랄을 부리네. 얘가. (다시 돌아눕는다)
차수자	아닌가?
신옥성	자빠져 자.
차수자	(가만히 귀를 기울여보지만 고요하다. 다시 눕는다) 엄마가 평소에 그 난리만 안 했어도…. 대수롭지 않은 일이었는데….
신옥성	(가만히 듣고 있다가) 끔찍하게 쿵쾅거렸대도.
차수자	난 못 들었어. 큰 소리는 아니었나 보지.
신옥성	니 귀가 먹은 거지. 정말 미칠 뻔했다.
차수자	난 왜 아이에게 그리 모질게 그랬지.
신옥성	니 성질머리가 어디 가.
차수자	엄마 때문이야.
신옥성	염병. 넌 오랜만에 편하게 자는 사람을 깨우냐?
차수자	방금 큰 소리 울리지 않았어?
신옥성	아무 소리도 안 나. (일어나서 수자를 쳐다보며) 너 일부러 나 따라 하냐?
차수자	아무 소리도 안 들렸다고? 천둥소리 같았는데?
신옥성	응 고요해서 좋다. 잠이 솔솔 온다. (다시 돌아눕는다)
차수자	그렇게 평소에는 잠 못 자게 날 방해하더니, 노인네. 너무하네.
신옥성	지랄 맞은 소릴 자꾸 하네. 얘가.
차수자	난 잠을 잘 수가 없다고.
신옥성	에휴. 미친년.
차수자	(자리에서 일어난다) 이상해.
신옥성	시끄러워. 이년아. 아무도 없어.
차수자	시끄러워서 잠을 잘 수가 없어.
신옥성	너도 노망났냐?
차수자	엄마나 편히 주무셔요.

수자가 일어나서 방을 나온다. 겉옷을 걸쳐 입고 현관 밖으로 나간다.
복도에서 세찬 바람 소리가 들린다. 수자가 옥탑층에서 소리를 느끼고 올
라간다. 여자아이가 앉아있던 소파에 앉는다. 소파의 구석에 담배가 있
다. 담배를 꺼내 한 대 피워본다.

차수자   담배가 맛있구나. 이 기분으로 피웠구나.

수자가 발을 동동 구르며 담배를 피운다.
밑층, 옥성의 방에서 잠을 자던 옥성이 별안간 벌떡 일어난다.

신옥성   왜 또 쿵쿵거려. 왜 또 위에서 지랄이야. 걔가 또 올라오나? 죽
은 애가?
(잠시 심호흡을 하다가 주변을 둘러본다. 수자가 없다) 수자야? 수자
야?

옥성이 일어나 집안을 돌아다니며 수자를 찾는다. 어디에도 없다.
수자는 빈백 소파에서 일어나 아이가 떨어졌던 옥탑층 창가로 간다. 수자
가 움직일 때마다 밑층의 옥성이 움찔움찔한다. 수자는 창가에 서서 담배
를 태우며 밑을 한참 내려다본다.

차수자   잡아 당기는 것 같다. 정말…,

밑층에서 옥성이 대충 겉옷을 걸쳐 입고 오래된 가방 하나를 들고 현관으
로 나온다. 엘리베이터를 탄다. 굉음이 울려 퍼지기 시작한다. 그 소리에
위에 있던 수자가 엘리베이터 쪽을 내려다본다.

차수자   엄마? 엄마!

옥성은 듣지 못한 듯하다. 엘리베이터 전광판의 숫자가 내려간다. 수자가
황급히 옥탑층에서 내려와 엘리베이터를 기다린다.

차수자   도대체 왜 나가는 거야. 집도 제대로 못 찾아오면서. 얌전히 집
          에만 있으면 뽈이라도 돌아? 일부러 나 귀찮게 만들려고 나가
          는 건가? 이해할 수가 없어.

신옥성   (엘리베이터 안이지만, 무대 위의 모습은 수자와 마주한 상태이다) 앤
          어딜 간 거야. 뭐 씌운 집에 노인네 혼자 내버려 두고. 소리가
          자꾸 달려든다고 몇천 번을 말하는데, 귓등으로도 안 듣지. 사
          람 미쳐서 죽는 꼴을 봐야 개가 후회하지.

엘리베이터 전광판이 1층을 알리고, 옥성이 무대 밖으로 사라진다. 수자
가 엘리베이터 앞에 서 있다. 무대의 암전.

무대의 변화. 엘리베이터를 제외한 아파트 구조물이 가려진다. 그곳은 아
파트 1층 화단이다.
끝에는 엘리베이터가 있고, 반대쪽에는 벤치가 하나 놓여있다.
모든 것은 상상 같기도 하고 현실 같기도 하다.
엘리베이터 앞에 경찰이 쭈그리고 앉아있다. 아까 수자가 들었던 쓰레기
봉투를 바닥에 뜯어서 펼쳐놓고 내용물을 확인한다. 수자가 바로 옆에 와
도 쳐다보지도 않는다.

경찰   (쓰레기를 뒤적이며) 1501호네. 1501호. 차수자. 찢을 거면 제대로
         찢으셔야지. 우편 봉투에 이름이랑 주소 다 적혀있네. 그냥 그

렇게 가면 우리가 모를 줄 알았지? 얘가 다 기록해 뒀다고. 여학생은 옥탑층에 올라간 적이 없다는데 왜 누명을 씌워서 풍파를 만들어.

경찰을 황급히 지나치는 수자. 멀리 벤치에는 옥성과 유민이 앉아있다. 수자가 옥성과 유민을 보고 설마, 설마 하면서 다가간다.

차수자 (옥성을 발견하고 멀리서 부르며) 엄마야?
김유민 (수자가 다가오면, 혼자 고개를 돌려 수자를 보며) 수자야!
차수자 (조금 충격을 받은 듯) 뭐라고?
김유민 (수자가 다가오자, 혼잣말하듯) 수자 맞잖아. 수자잖아. 네 이름 맞잖아.

유민이 수자를 보고 웃더니 일어나 절뚝이며 무대 밖으로 떠난다. 황망하게 유민을 바라보는 수자. 쿵. 쿵 거리는 북소리 같은 소음이 무대에 울리기 시작한다.

신옥성 (그제야 수자를 바라보며) 수자야!
차수자 (어리둥절하게 사라지는 유민을 바라보며) 엄마.
신옥성 넌 이 밤중에 어딜 다녀와!
차수자 엄마, 내가 꿈꾸고 있는 건가?
신옥성 어딜 갔었냐고! (심호흡하며 가슴을 부여잡는다) 암도 없으니까, 방에 있는데 또 소리가 울리는 거야.
차수자 이 시간에 왜 나와. 매번 길 못 찾고 헤매면서! 왜 자꾸 사람 힘들게 해.
신옥성 위에선 또 무슨 난리인지 쿵쿵거리고, 오밤중에 넌 어디로 가고, 방에 난 혼자 있는데 애가 안 타?

차수자   그래. 내 탓이야. 내 탓.

신옥성   쿵. 쿵. 쿵. 쿵 아주 미치겠어. 죽은 애가 다시 올라오나 봐. 복수하나 봐.

차수자   들어가자. 엄마.

신옥성   살 수가 없어. 좀 소란스럽게 울려대야지. 이사하자. 또 이사해.

차수자   (옥성을 일으켜 세운다) 일단 집에 가. 가서 얘기해.

신옥성   (수자에게 기대어 걸으면서) 그래서 넌 어디 갔었어!

차수자   옥탑층에.

신옥성   그 시간에 거길 왜 가! 그럼 니가 가서 쿵쾅거린 거야?

차수자   나도 답답해서.

신옥성   병원 가봐. 너. 이상해.

차수자   맞아. 이상해. 무슨 전염병 같아. 다 이상해.

신옥성   이사 가야지. 도무지 사람 살 곳이 안돼.

수자와 옥성이 엘리베이터를 탄다. 숫자가 올라가는 전광판. 옥성이 다리가 풀리듯 바닥에 주저앉는다.

신옥성   (쭈그리고 앉아서) 참 이상하다. 아직도 소리가 나네.

차수자   무슨 소리.

신옥성   발걸음 소리. 막 달려드는 소리. 사람 미치게 계속 따라다니네.

차수자   (옥성을 안아 일으킨다. 그러다 뭔가 느낀 듯) 쿵. 쿵 소리?

신옥성   뭣이 막 다가오는 소리.

차수자   (다시 옥성의 가슴에 머리를 대다가) 들린다. 들려.

신옥성   너도 들리냐? 참 알 수가 없네.

차수자 쿵. 쿵. 쿵. 쿵, 들린다. 크게 들린다. 쿵. 쿵. 쿵. 쿵.

신옥성 그래. 쿵. 쿵. 쿵. 쿵. 자꾸 달려들지?

차수자 엄마 심장 소리잖아. 왜 이렇게 미친 듯이 뛰는 거야.

신옥성 심장 소리라고? 내가 내 심장 소리도 몰라?

차수자 심장 소리야. 심장 소리. 아등바등 어떻게든 살아야겠다고 정신없이 뛰는 심장 소리.

신옥성 너도 미쳤나 보다. 심장 소리가 이렇게 크게 들린다고? 너한테도 들린다고?

차수자 그래. 살겠다고 뛰는 심장 소리. 내가 윽박지른다고 조용하게 할 수도 없고, 또 죽이네, 살리네 해도 기어이 뛰고 있는, 심장 소리라고요.

신옥성 (가슴을 쥐어짜며) 아, 갑갑해서 못 살겠다. 도둑년처럼 달려드네. 쿵. 쿵. 쿵. 쿵

차수자 엄마, 내 가슴도 만져봐. (옥성의 손을 가슴에 대며) 느껴져? 쿵. 쿵. 쿵. 쿵.
나도 미친 듯이 뛰지? 나한테도 찾아왔어. 그 못 견딜 소리. 달려드는 소리. 나도 듣게 되었다고.

무대 천천히 암전. 북소리 같은 소리가 심장 소리로 변하며 사그라진다. 엘리베이터 전광판의 층수가 끝도 없이 올라간다.

연극은 제게 가깝고도 먼 세계였습니다. 돌아보면 삶에서 그게 가까이 있던 순간들은 참 많았습니다. 어릴 때 교회에서 흉내 내었던 아기 예수를 그리던 공연, 소풍에 가서 뽐내던 각색 장기자랑, 국어 시험에 등장하던 의미심장한 희곡의 지문들, 그리고 티브이나 영화 속에서 보았던 늙은 배우의 인상적인 독백 장면들….

하지만 대다수 사람에게 그러하듯, 제게도 연극은 구경하기 쉽지 않았던, 왠지 제 삶과는 멀리 떨어진 예술이기도 했습니다.

그런데 늦은 나이, 어느 날 문득 희곡이 써보고 싶어졌습니다. 마치 그것은 호주머니 속에 넣어두고 틈틈이 꺼내 보는 인형 놀이 같았습니다. 손바닥만 한 상자 위에 내 주변의 사람들을 놓아두고, 이렇게도 말해보고, 저렇게도 대꾸해 보는 은밀한 흉내 놀이 말이지요. 연극의 무대란 좁디좁았고, 마치 처음 갖게 된 한 칸 자취방같이 조촐해서 더 매력이 있었습니다. 도무지 견적이 나올 것 같지 않은 작은 직사각형 안에 빼곡히 가구를 배치해 보는 재미가 있는 골방이랄까요. 그리고 방 안에서 가족을 그려보고 친구를 말하다 보면, 결국은 모두가 나임을 깨닫는 곳이기도 했지요. 이 매력적인 공간에 서툴게 발을 내디딘 저를 과분한 환영 인사로 반겨주셔서 감사합니다. 더 노력하겠습니다.

한국일보 희곡 부문 당선작

H

■

조은주

1983년 2월 6일 인천 출생
단국대학교 한국어문학과 졸업

등장인물

이원희: 여, 29세, 전업주부

박재희: 여, 29세, 무직

임승윤: 남, 34세, 원희 남편

김순이: 여, 59세, 원희 시어머니

박철규: 남, 63세, 재희 아버지

한정순: 여, 65세, 재희 어머니

1장

어두운 전경, 달빛만 밝다. 나란히 서 있는 아파트 두 동이 보인다. 한쪽 동 원희의 집에 불이 켜진다. 그 위로 들리는 소리.

순이   (소리) 에미야, 거기 상자 건들지 마라, 잘 접어놨으니까. 베란다에 페트병도 버리지 말구. 뭘 하긴 다 쓸 데가 있으니까 그렇지. 내가 그렇다면 그런 줄 알아. 하여간 내 건 다아 내 거다.

승윤   (소리) 여보, 내 택배 당신이 뜯었어? 열어보지 말랬잖아, 언박싱이 내 낙인 거 몰라서 그래? 아이, 다 필요해서 산 거야. 어쨌든 내버려 둬, 당신은 몰라도 돼. 그거 다 내 거야.

순이   (소리) 에미야, 애들 밥은 챙겼냐? 오늘 저녁은 간단하게 먹자꾸나. 내가 아까 유튜브에 봤더니 꿔바로우가 맛있겠던데? 기름이 넉넉하지?

승윤   (소리) 여보, 내 티셔츠 세탁기에 섞지 마. 따로 빨아서 다림질해야 돼. 소매에 칼주름 알지?

불이 꺼진다. 다른 동 같은 층에 있는 재희의 집에 불이 켜진다.

뉴스   (소리) 일을 하지 않고 취업 교육 등에도 참여하지 않는 청년층인 이른바 니트족으로 인한 경제적 비용이 62조 원에 육박한다는 분석이 나왔습니다. 청년 니트족의 실태를 김상태 기자가 자세히 전하겠습니다.

철규   (소리) 김상태 기자! 우리 집에도 니트가 있는데 왜 우리 집에는 취재하러 안 오나!

정순   (소리) 니트가 아니라 니트족.

철규   (소리) 어이! 김상태 기자! 어디를 헤매고 다니는 거야. 바로 우리 집에 니트가 제 방에 처박혀 있다구!

불이 꺼진다.
원희의 집 발코니에 불이 켜진다. 원희가 자신의 방에 붙어있는 작은 발코니에 서서 술잔을 기울이고 있다. 불이 꺼진다.
재희의 집 발코니에 불이 켜진다. 재희가 자신의 방에 붙어있는 작은 발코니에 서서 담배를 피우고 있다. 불이 꺼진다.
다른 날, 원희와 재희의 방 발코니에 불이 켜진다. 두 사람 각각 술을 마시고 담배를 피우고 있다가 눈이 마주치자 못 본 척한다. 불이 꺼진다.
또 다른 날, 원희와 재희의 방 발코니에 불이 켜진다. 같은 행동을 하고 있다가 또 눈이 마주치는 두 사람. 이번엔 도저히 못 본 척할 수가 없다.

재희   건물이 희한하죠? 이렇게 동간 간격이 가까운 아파트는 어디에도 없을 거예요.
원희   그러게요. 초면에 실례지만, 아니 초면은 아니지만, 어쨌든 실례지만, 여기서 그쪽 얼굴이 너무 잘 보여요.
재희   난 안 그럴까?
원희   왜 반말이에요?
재희   혼잣말이에요.
원희   그러기엔 너무 잘 들려요.
재희   큰 혼잣말이에요.
원희   아, 그래.
재희   왜 반말이에요?
원희   혼잣말이에요.
재희   그러기엔 너무 잘 들리는데.

원희   그렇긴 하지?

두 사람, 피식 웃는다. 불이 꺼진다.
다른 날 다시 원희와 재희 방 발코니에 불이 켜진다. 이번엔 두 사람이
서로를 쳐다보며 서 있다. 밀담을 위해 에어팟을 낀 채로 통화하고 있다.
재희는 등산용 로프를 들고 있고 맞은편에서 원희가 받을 준비 자세를 한
채 서 있다.

재희   (던지려다 말고) 근데 이게 될까?
원희   돼. 충분히 가까워. 이 아파트 이상하잖아. 되고도 남아.
재희   아니, 이게 사회적, 도의적으로 되는 거냐고.
원희   안 되지.
재희   그치?
원희   어. 근데 심정적으론 돼. 너 방문 걸어 잠그고 안 나가지. 나
거실에 상주하는 시어머니 땜에 못 나가지. 아주 합리적인 아
이디어야. 던지면 내가 받을 수 있어.
재희   왜 네가 받아. 난간에 걸칠 건데. 그쪽에서 고정만 잘하면 돼.
나 초등학교 때 원반던지기 선수였다. 죽이지?
원희   흐흥, 그래 죽인다 아주.
재희   비켜 서, 다쳐.

재희가 군더더기 없는 동작으로 로프를 던져 원희의 발코니 난간에 걸
친다.

원희   굿 샷.

원희가 줄을 난간에 고정한 후 고리를 설치한다. 그러고는 보냉백 하나를 고리에 연결한다.

원희 자, 역사적인 첫 시승, 탑승, 아니, 뭐라 그래야 돼?
재희 배송, 전송, 전서구, 몰라 그냥 보내기나 해. 힘 조절, 힘 조절!
원희 걱정 마.

원희가 보냉백을 힘껏 밀어 보낸다. 긴장된 표정으로 받을 준비를 하고 있던 재희가 보냉백을 무사히 잡자 원희는 조용히 환호한다. 재희가 가방을 안에 들여 열어본다. 시루떡이다.

재희 (어이없다는 듯 웃으며) 웬 떡이냐 이게.
원희 원래 처음 인사할 때 떡 돌리잖아. (허리 숙여 인사하며) 잘 부탁드립니다.
재희 아, 예. 잘 먹겠습니다.

마주 보며 웃는 두 사람. 조명 어두워진다.
다시 조명 밝아지면 원희와 재희의 방 발코니 난간에 로프가 연결돼 있다. 발코니에 서있는 두 사람 모두 에어팟을 끼고 있다. 재희는 담배를 태우고, 원희는 꾸러미 하나를 단단히 묶고 있다.

재희 (흥미롭다는 듯 지켜보며) 그 모습은 언제 봐도 질리지 않아. 늘 새로워. 짜릿해.
원희 줄 설치 잘 된 건가? 줄을 맨날 널었다 걷었다 할래니까 번거롭구만?
재희 맨날 널려 있으면 발각돼. 누가 봐도 희한한 광경이야.

원희, 로프 고리에 자루를 묶어 힘껏 민다. 재희가 미끄러져 온 자루를 받는다.

재희　나이스 캐치.

재희가 자루를 자기 발코니 안으로 들이고 물건 몇 개를 꺼내 본다. 죄다 빈 유리병, 양철통, 각종 플라스틱 케이스 등 쓰레기뿐이다. 이내 관심 없다는 듯 다시 자루에 넣어버린다.

원희　(난간에 턱을 괴며 아련하게) 결혼 전에 처음 시댁 갔을 때를 잊을 수가 없어.

재희　(발코니 한쪽으로 자루를 대충 밀어놓으며) 어땠는데.

원희　(어조 의미심장하게 바뀐다) 집이 분명 컸거든? 근데 이상하게 답답한 거야. 일단 살림살이가 겁나게 많아. 두 분이서 사시는데 뭔 집기가 그렇게 많이 필요하냐고. 차 대접한다고 다과상 찾는데 상이 한 오백 개쯤 나와. 그리고 찻잔 찾는다고 찬장문 여니까 그릇이랑 냄비, 후라이팬이 칠백 개쯤 있어. 중대 하나는 너끈히 먹여 살리겠더라. 베란다에는 웬 놈의 유리병, 배달 용기, 페트병이 그렇게 많아. 물기 말리는 중이라나. 팬트리 안에는 택배 상자가 산처럼 쌓여있어. 근데 그게 다 테이프 뜯어서 착착 접혀서 묶여 있더라. 와 씨 깨끗하고 드러워.

재희, 몸을 흔들며 킬킬대다 담뱃재가 난간 붙잡은 손에 떨어지자 '아 뜨거' 하며 펄쩍 뛴다.

원희　어머님이 그나마 정리라도 해놓고 사니까 시아버지가 눈감아

준 모양이야. 근데 이제 시아버지 눈감으셔서 더 이상 눈감아 줄 사람이 없으니 봉인이 풀린 거야. 집이 점점 좁아져! 갈 때마다 무서워! 혼자 돼서 적적하시다고 우리 집에 모셨는데 그때부터 내 집은 내 집이 아니야. 어머님의 거대한 컨테이너야. 그 자루는 어머님 쓰레기를 은밀히 수거하는 위대한 프로젝트의 상징이다. 잘 처분해다오.

재희 드럽게 거창하네, 쓰레기 보내면서. 지난번에 보낸 남편 물건 그게 유용하더만. 뭐 레고, 피규어, 생필품 다 갖다 당근에 파니까 돈 좀 되더라. 그걸로 내 담배 좀 사고, 이건 네 거.

재희, 보냉백을 고리에 걸어 원희 쪽으로 보낸다. 원희가 받아서 열어보니 맥주, 소주, 와인 등과 담배 몇 보루가 들어있다. 원희, 신난다.

원희 고맙다. 물건이 얼마 없었을텐데.

재희 네 거 팔아서 산 건데 뭐가 고마워. 그리고 뭔진 모르겠는데 그 중 하나가 돈 좀 되던데.

원희 내 거냐, 남편 거지. 나 열 받게 할 때마다 티 안 나게 하나씩 빼돌린 거야. 그 사람은 뭘 사는 게 행복이야. 지 거, 내 거, 애들 거, 어머니 거, 맨날 사. 사고 쟁여놓고, 있는지 모르고 또 사고. 어머님은 헌 거, 자식은 새 거, 모자가 뭘 그렇게 쌍으로 모아대냐고. 그 돈 좀 되는 것도 아마 없어졌는지도 모를걸. 장식장이 초만원이라. 그러니까 진정한 애호가가 아니라 수집 흉내만 내는 사이비란 뜻이지. 그 사람은 물건이 아니라 사는 행위 자체를 애호하는 사람이야. 나보다 쇼핑몰 고객센터 직원이랑 더 심도 있게 대화한다니까. 내가 술 먹고 개랑 사고만 안 쳤어도 스물셋 꽃다운 나이에 결혼을 했겠냐고 젠장.

재희   (턱을 괴며 진심으로) 너도 참 불쌍하다.

원희   지는.

재희   응, 그래.

두 사람, 키득거리며 웃는다. 아파트 사이로 비치는 달빛이 밝다.

재희   너 니트족 알아?

원희   뭔데 그게. 니트 입고 다니는 애들이야?

재희   어 그래, 니트도 한번씩 입겠지. Not in Education, Employment,
       or Training. 취직을 하지 않으면서 직업훈련도 받지 않으면서
       주로 부모에 기생해 생활하면서 있는 욕 없는 욕 다 먹으면서
       사는 사람들이야. 한마디로 나란 말이지. 울 아버지 뉴스 보다
       가 '그냥 놀아요 청년 무업자 비율 심각' 어쩌구 나오니까 아주
       신나서 나 들으라고 조롱하시데. 정확히 내 방으로 살을 날렸
       어. 나는 식구들 생각해서 여태 회사 댕기는데 저건 뭐 잘났다
       고 회사 때려치냐고. 여기서 저거는 나를 말한다.

원희   그냥 재계약 안 해줬다고 사실대로 말해.

재희   그럼 더더욱 사람 취급 못 받겠지.

원희   재희야……

재희   난 회사랑 맞출 의향이 있었다고. 회사가 나랑 안 맞는다는데
       나더러 어쩌라고. 아, 됐어. 나도 이제 될 대로 되라야. 한 일
       년 방에 처박혀서 게임만 하니까 난 노는 게 체질인 거 같애.
       내일 밤에 클랜전에서 포인트나 왕창 딸 거야! (그때 재희 방의
       문고리를 잡아 돌리는 소리가 들린다) 야, 누구 왔다. 줄 이따 걷자.

원희   어, 그래.

재희, 급히 발코니에서 사라진다.

2장

원희의 집 거실. 오늘도 순이(59/원희 시모)는 거실 베란다에서 쓰레기를 정리하고 있다. 이미 베란다가 꽉 차서 발 디딜 틈이 없다. 원희가 거실 소파에 앉아 빨래를 개는 틈틈이 순이의 동태를 살핀다. 순이가 상자의 테이프를 다 뜯어 한쪽으로 치워두고 잠시 방으로 들어간다. 원희가 그 틈을 타 재빨리 베란다로 나가서 아직 정리하지 않은 쓰레기를 대충 몇 개 훔쳐 내와 자기 방으로 달린다. 그 사이에 순이가 방에서 노끈과 가위를 가지고 나와 다시 베란다로 나간다. 상자를 개켜 끈으로 묶은 후, 그것들을 가지고 거실로 나와 주방 옆 다용도실 창고로 간다. 그 사이에 다시 원희가 자기 방에서 나와 순이의 소재를 파악한다. 그러고는 다시 한번 베란다로 달려가서 쓰레기를 훔쳐내어 방으로 내달린다. 다용도실에서 나온 순이, 다시 베란다로 나가 쓰레기를 마저 정리한다. 그런데 예상보다 일이 빨리 끝나는 듯해 이상하다.

순이   애, 여기 있던 박스 네가 치웠니?

원희   (태연하게 방에서 나오며) 아니요, 왜요? (소파에 앉아 다시 빨래를 갠다)

순이   물건이 비는데? 처음보다 양이 준 거 같아. 이상하네?

원희   그럴 리가요. 어머님이 치우지 말라셔서 저는 손댄 적도 없는걸요.

순이   그래, 네가 내 말을 거역했을 리가 없지. 내 물건은 다 내 건 줄 이 집에서 누가 모르겠어. 당장은 쓸모없어 보여도 나중에

222

다 쓸데가 있다니까. 그럴 때 찾으면 꼭 없어요. 그러니까 그런 일에 대비하기 위해서라도 물건을 함부로 버리면 안 돼. 아니 근데 왜 자꾸 창고가 비지? 동우 아범이 가져갔을 리도 없고.

원희 (계속 빨래 개며) 동우 아범은 일하느라 바쁜데 그걸 왜 가져가겠어요. 그리고 어머님 물건은 거진 쓰레긴데 누가 거들떠나 보겠…… (아차 싶다)

순이가 순식간에 도끼눈을 하고 원희를 노려본다. 원희는 시선을 피한다. 그때 도어락 누르는 소리가 들리자 순이가 반가운 얼굴로 거실로 들어온다. 승윤(34/원희 남편)이 택배 상자 몇 개를 들고 들어온다.

순이 아범 오니?

승윤 (현관문을 들어서며) 여보, 내 피규어 못 봤어?

원희 피규어? 장식장에 한 트럭 있잖아.

승윤 아니, 이번에 시킨 거. 그게 없어졌다니까.

원희 글쎄, 난 당신이 뭘 시켰는지도 모르는데?

승윤 집에 도착하는 물건 잘 받아놓는 게 집사람의 도리 아니야? 택배 기사는 벌써 배송 완료했다는데 아무리 찾아도 없어. 배송 완료한 물건이 중간에 샜을 리가 없잖아. 그럼 택배 관리 제대로 못한 당신 탓 아니냐고. 그게 얼마짜린 줄 알아?

승윤이 쏘아대자 옆에서 듣던 순이가 또 도끼눈을 해가지고 원희를 쏘아본다.

원희 당신 내가 집에서 택배만 받는 줄 알아? 얼마나 할 일이 많은데. 그리고 당신도 그래. 한두 개여야 잘 받아놓지 너무 많아.

그걸 내가 어떻게 일일이 다 기억해.

순이 아범아, 그게 얼마짜린데 그러니.

승윤 한정판 50만 원짜리예요.

순이 뭐? (놀란 토끼눈과 도끼눈을 동시에 해가지고 원희를 쏘아본다) 얘, 그런 걸 분실하면 어떡하니? 넌 애가 왜 하는 일마다 그렇게 여물질 못하니. 이러니 일을 믿고 맡길 수가 있어야지. 역시 내가 이 집에 없으면 안 돼. 아니 이를 어쩔 거야, 50만 원짜리를.

승윤 가격이 문제가 아니에요. 전 세계 100개 한정판이라구요. 또 살 수도 없어.

원희 (슬픈 표정으로) 동우 아빠. 나도 한정판이야. 전 세계에 하나밖에 없어.

승윤 (물끄러미 바라보다) 당신 뭐 잘못 먹었어?

승윤, 험한 말을 들었다는 듯 고개를 저으며 방으로 들어간다. 순이는 못 들은 체 주기도문을 중얼중얼 외며 다시 베란다로 나가 쓰레기를 또 정리한다.

원희 젠장. 지난번에 받은 술 아직 남았나.

순이 다만 악에서 구하옵소서.

3장

재희의 집. 거실에는 철규(63/재희 부)와 정순(65/재희 모)이 소파에 앉아 과일을 먹으며 티비를 보고 있다. 방에서는 재희가 게임에 열중하고 있다가 잠시 쉬려는지 헤드셋을 벗는다. 갑자기 출출해진 재희는 책상 서랍에 숨겨둔 간식거리가 없나 차례차례 열어본다. 먹을 게 하나도 없다. 거실의 동태에 귀를 기울여 본다. 뉴스 소리가 계속 들린다. 다시 의자로 와서 털썩 앉는다. 그러나 그것도 잠시, 너무 배가 고프다. 할 수 없이 나가야 한다. 재희, 머리를 신경질적으로 헝클어뜨리며 절망한다. 그때 거실에서 정순의 휴대폰이 울린다. 정순이 전화기를 확인하고는 영상통화를 시작한다.

정순	아드을!
재윤	(소리) 엄마, 저녁은 드셨어요?
정순	응, 먹었지. 너는?
재윤	(소리) 저희도요. 아버지는.
정순	아버지 옆에 있다. (화면을 철규에게 잠시 돌린다. 철규가 포도알을 입에 넣다가 그 손으로 엉성하게 인사하는 손짓한다. 다시 화면 가져와) 네가 보내준 샤인머스캣 먹는다. 너무 맛있다, 얘. 포도가 어쩜 이렇게 달아?
재윤	(소리) 한 여사 비타민 많이 드시고 피부미인 되시라고.
철규	내 피부는 껍질이냐?
재윤	(소리) 아유, 아버지 무슨 소리예요. 같이 드시라고 보냈지. 그리고 피부는 다 껍질이에요.

철규가 너털웃음을 짓는다. 정순은 아들이 그저 예뻐 죽는다.

정순	에미랑 채아 잘 있지?
재윤	(소리) 응. 채아 재운다고 아까 들어갔는데 애 엄마도 같이 자는 모양이야. 이번 주말에 건너갈게요.
정순	아유, 일하느라 힘든데 뭐하러 꼬박꼬박 와. 주말엔 쉬지.

재윤   (소리) 그 동네에 새로 생긴 한정식집 되게 맛있다던데, 다 같이 가요.

정순   우리야 늘 좋지. 예약해야겠네. 5명 해. 재훈 어차피 그런 데 끼지도 않잖아.

재윤   (소리) 네, 그럼 주말에 봬요.

통화가 끊긴다. 그때 재희의 방문이 슬쩍 열린다. 철규와 정순, 동시에 그쪽을 쳐다본다. 마치 잠입하는 도둑처럼 재희가 머리부터 삐져나온다. 철규와 정순은 못 본 척 다시 티비로 눈을 돌린다. 재희, 주방으로 가서 컵라면에 물을 부어 가지고 나온다.

정순   …… 너도 갈래? 한정식집?

재희, 아무렇지 않은 얼굴로 컵라면을 들어 보이며 어깨를 으쓱한다.

철규   말로 해, 인마! 입이 나가떨어졌냐!

재희, 대답 없이 제 방으로 간다.

철규   박재희! 와서 앉아봐!

재희, 어쩔 수 없이 걸음을 돌려 소파에 앉는다. 정순이 티비를 끈다. 재희를 마주한 두 사람의 모습이 범인을 취조하는 형사1, 2 같다.

재희   3분의 시간을 드리겠습니다. 라면의 생명은 면발입니다.
철규   하!

정순　너 자꾸 엄마 아빠 말 안 들을래?

재희　마지막으로 저한테 하신 말씀이 뭔지 기억이 안 납니다. 하도 오래 됐습니다. 2분 40초 남았습니다.

철규　박재희!

정순　언제까지 놀고 있을 거야. 취직 안 할 거면 시집이라도 가라 그랬지? 아빠가 선자리 알아봐준다고.

철규　거긴 이미 날아갔겠지! 그때가 언젠데. 그리고 애 꼴을 봐. 어디 들이밀래도 못 내밀어. 텄어, 인제.

정순　계속 그렇게 인생 허비할 거야? 제발 오빠 반만이라도 닮아 봐. 탄탄한 직업 있어, 토끼 같은 마누라에 여우 같은 자식 있어, 자기 명의 집 있어, 네 오빠가 세상 부러울 게 뭐 있겠니?

재희　저도 세상 부러울 거 없습니다. 그리고 토끼와 여우가 바뀌었습니다. 1분 30초 남았습니다.

정순　맨날 방에 틀어박혀서 뭐해, 너. 첨엔 취직자리 알아보는 줄 알았지. 근데 면접 한번을 안 보러 나가. 언제까지 그렇게 살 거야, 사회부적응자처럼?

철규　나 원 동네 창피해서 어디 가서 말을 못 해요. 공부 다 시켜서 키워놨더니 저러고 있다고 어떻게 얘기해.

재희　저는 이 집에서도 적응을 못 합니다. 두 주인 내외께서 안에서부터 살뜰히 밟으시는데 어디 가서 사랑받는 사회인으로 적응하겠습니까. 그리고 오빠는 닮고 싶지 않습니다. 오빠는 오빠고 나는 나입니다. 그걸 인정 못 하시면 주인 내외께서는 그렇게 계속 동네 창피하게 사셔야 합니다. 사실 말이 나왔으니 말이지, 동네 사람들도 자기 살기 바빠서 남의 집 딸이 노는지 안 노는지 관심 1도 없습니다. 주인 내외께서 괜히 세상 사람들이 다 본인들한테 관심 있는 줄 착각하셔서 그런 겁니다. 3분 지났습니다. 컵라면이 죽었습니다.

철규가 두통이 오는 듯 머리를 두 손으로 감싼다. 정순은 기가 막혀서 이미 할 말을 잃었다.

재희　(컵라면을 들고 일어서서) 그리고 주인 내외 중 한 분이라도 다시 한번 제 방에 무단으로 들어올 시에는 자물쇠를 달겠습니다. 애초에 제가 방문을 잠근 행위의 의미에 대해 숙고하셨다면 좋았을걸 그러셨습니다.

철규, 쓰러진다. 정순은 힘이 빠진 듯 소파에 풀썩 엎드린다. 재희가 방으로 들어간다.

4장

원희와 재희의 방 발코니.
난간에 로프가 연결돼 있다. 발코니에 서있는 두 사람 모두 에어팟을 끼고 있다. 원희가 순이의 쓰레기 자루를 로프에 묶어 보내면 재희가 받아서 안에 들인다. 재희가 담배에 불을 붙이고, 원희는 술잔에 술을 따른다.

원희　(술잔을 기울이며) 너 언제 마지막으로 집 밖에 나갔어? 쓰레기 버리러 말고, 담배 사러 말고, 당근 거래 말고.

재희　(골똘히 생각하다) 몰⋯라?

원희　쓰레기 말고, 슈퍼 말고, 애들 픽업 말고, 그렇게 하나씩 제하고 나니까 날 위해 외출한 게 언젠지 모르겠어. 맨날 애들 뒤치다 꺼리하고, 시어머니 수발들고, 남편 밥 차리니까 내가 집사인지, 노비인지, 로봇인지.

재희 난 노빈데. 우리 엄마 아빠가 주인이고, 쉰네는 솔거노비이옵니다.

원희 솔 뭐? 담배 이름이야?

재희 넌 참…… 지식이 간소해. 허례허식이 없어.

원희 알아, 다 알았는데 까먹은 거야. 너도 제왕절개로 애 둘 낳아봐. 한 번 할 때마다 기억력이 집채만큼 사라져.

재희 집에 거주하는 노비 있잖아. 근데 요새는 노비도 아닌 거 같애. 노비는 하는 일이 있잖아? 근데 난 이 가정은 물론 사회공동체에서도 하는 일이 1도 없으니까 그냥 불가촉천천민쯤 돼.

원희 나야말로 불가촉천민이야. 여자는 결혼하면 그날부터 바로 최하위 계급이야. 게다가 이 집 사람들 뭔 말이 그리 많은지. 다들 나한테 뭘 그렇게 묻고 시키고 해달래. 이 집에선 다 한편이고, 나만 난민이야. 안 받아주거든.

재희 나도 그래. 울 엄마, 아빠, 오빠 다 한편이고, 나는 난민에 난파선이야. 갈 데도 없지만 갈 수도 없어요.

원희 그래서 맨날 거기서 담배만 뻑뻑 피웠구나. 처량한 것.

재희 지는. 내가 게임하다 쉬는 담배 타이밍에만 기가 막히게 딱 맞춰 서있냐.

원희 난 처음부터 딱 알아봤어. 저것은 나다.

재희 저거라니.

원희 그래도 난 네가 부럽다. 넌 적어도 홀몸이잖아. 난 내 몸뚱이도 애들 거야.

재희 응, 그건 아무도 나를 거들떠도 안 보기 때문이야. 부모도 부끄러워 외면한 애야, 내가. 이 집에선 번듯한 직업 없으면 사람 취급 못 받아.

원희 우리 서로 사람 취급해주자.

재희 뭔 소리야. 우리 존나 사람이야.

두 사람 마주 보고 킬킬댄다.

원희 다음 H 접선은?

재희 음… 모래 새벽 한 시?

원희 응, 하나만 더 보내자. (짐을 꾸리며) 우리 맨날 여기서만 보네. 나야 시어머니 감시 때문에 운신의 폭이 좁다지만 넌 왜 방에 처박혀서 안 나가는데.

재희 그냥 이 꼴 저 꼴 다 싫어. 여기가 제일 안전해. 나는 좋아, 여기서 보는 거. (로프를 퉁퉁 치며) 너 아님 이런 또라이짓을 누구랑 하냐? 호젓한 H에 흐붓한 달빛이 숨이 막힐 지경이다 후아.

원희 어이구, 메밀꽃 나셨네. 너 그런 거 잘한다, 말 지어내는 거. 여기 이름 붙인 것도 너잖아. (로프를 치며) 이거랑 알파벳 모양이랑 똑같다고.

재희 그러네. 나 그런 거 잘하네. 그런 거 잘한다고 주인 내외한테 어필하면 치도곤이겠지?

원희 (서글프게) 야, 우리 소울메이트 아니었어? 자꾸 못 알아듣는 말할래?

재희 소울은 나눠도 지식은 못 나누는구나. 오호 통재라.

원희 (말 돌린다) 너 하늘휴게소 가봤어?

재희 휴게소를 굳이 왜 가. 놀러 갈 때 감자나 사 먹으라고 들르는 데 아냐?

원희 거기는 휴게소가 양방향 도로 위에 다리처럼 놓여있어서, 중간

에 서서 오가는 차들을 볼 수 있대. 거기 가보고 싶어. 차 지나
가는 것도 구경하고, 포토존에서 사진도 찍고, 살 것도 많다는
데 쇼핑도 실컷 하고. 한 번이라도 시어머니, 남편 눈치 안 보
고 애들 없이.

재희 가자, 까짓거. 거기도 H로 시작하네.

원희 지 방문도 걸어 잠근 애가 거길 간다고? 네 방 밖으로나 나가.

재희 난 너와 함께라면 H, I, J, K, LMNOP 다 갈 수 있어!

원희 어이구, 나 울면 되는 거냐?

재희 어, 잘 보이겠다, 여기서.

그때 원희네 집 거실에서 순이와 승윤의 소리가 들린다.

순이 (소리) 애, 에미야, 박스랑 병 모아둔 게 또 없어졌다! 정말 너
아니냐?

승윤 (소리) 동우 엄마! 내 택배 또 어디 갔어! 기사랑 통화까지 했는
데! 당신 집안일 어떻게 하는 거야?

원희가 당황스런 얼굴로 재희를 보다가 얼른 짐을 로프에 낑낑대며 묶는
다. 이번엔 순이의 쓰레기와 승윤의 택배가 잡다하게 들어있는 거대한 자
루다. 들어 올리기도 쉽지 않다. 그때 마침 재희네 집 거실에서도 철규와
정순의 소리가 들려온다.

정순 (소리, 문고리 거칠게 돌리며) 박재희 문 안 열어? 네가 기어이 자
물쇠를 달아? 엄마 아빠가 너 잡아먹니!

철규 (소리) 야 이 자식아, 여기가 네 집이야? 이거 내 집이야, 30년
상환 주택담보대출! 네가 이렇게 나오면 우리도 생각이 있어!

재희, 난감한 얼굴로 문 쪽을 돌아보고 원희를 다시 본다. 원희가 짐을 로프 고리에 걸려고 애를 쓰고 있다.

재희   야, 빨리빨리!

재희 뒤에서 문 부수는 소리가 들린다. 뒤에서는 쾅쾅 소리가 들리고, 앞에서는 원희가 무거운 짐을 가지고 아직 기를 쓴다. 마음이 급해서인지 잘되지 않는다. 원희네 집에서도 순이와 철규의 소리가 계속 들린다.

순이   (소리) 동우 에미야, 듣고 있나?
승윤   (소리) 여보, 안 나오고 뭐 해, 엄마가 부르잖아!

마침내 원희가 짐을 밀어 보내는데, 너무 무거운 탓인지 가다가 중간에 서버렸다. 자루 주둥이 부분에는 순이의 페트병과 승윤의 기다란 피규어 하나가 볼썽사납게 삐져나와 있다. 원희와 재희가 당황스러운 얼굴로 서로를 쳐다본다. 이윽고 재희의 방문에서 들리던 쾅쾅 소리가 멎고 문이 활짝 열린다. 철규와 정순이 재희 방에 쳐들어온 것과 동시에 원희네 집에서는 순이와 승윤이 원희를 찾아 방에 들어온다.

순이   아니 얘는 여기서 뭘 하는 거야. 시에미 말이 말 같지 않니?
승윤   여보 뭐 하냐고, 내 택배 어디다 뒀냐고!

원희가 필사적으로 로프를 가리고 섰는데 그 모습이 하수상하다. 승윤이 원희를 밀치자 기다란 로프가 맞은편 동으로 뱀처럼 뻗어있다. 순이와 승윤, 발코니 바깥으로 몸을 쭉 내밀고 보는데, 곧 한가운데 멈춰선 자루의 물건들을 알아본다. 시선을 더 옮기니 저쪽에 세 명이 보인다. 재희, 철규, 정순이다. 각 집에 세 사람씩 총 여섯 사람의 열두 개의 눈이 사정없이 교차한다.

원희, 재희   (소리) 좆됐다……

순이   아니, 이게 왜 여기서 나와?

승윤   당신…… 외줄 타?

철규   거기 뭡니까!

순이   뭐라니! 그러는 거기는 뭔데!

정순   왜 다짜고짜 반말이에요!

순이   아니, 미안합니다. 근데 지금 이게 무슨 상황이에요? 난 생전 이런 건 첨 보는데!

철규   저희도 금시초문입니다. (재희에게) 너 대체 방구석에 틀어박혀서 뭘 하고 있었던 거야, 어?

정순   내가 너무 오래 살아서 별 희한한 꼴을 다 본다. 작년에 빙판길에 넘어졌을 때 저승사자 따라갔어야 했는데!

재희   뭔 소리야 통뼈라 멀쩡했구만.

정순   엉뚱한 소리 하지 말고, 이게 대체 무슨 상황이냐고!

재희   쟨 내 친구야. 서로 왕래하기 거시기해서 그냥 이걸로 해결 본 거야. 별거 아냐.

철규   하다 하다 별 짓거릴 다 한다. 내 집에 이런 요상한 걸 걸어놓고 첨 보는 사람이랑 줄타기를 해! (둘러보다 아까 받은 자루를 발견한다) 이, 이 쓰레기 이거, 다 저 집에서 보낸 거야?

재희   줄을 왜 타, 그리고 내 친구라니까.

철규   네가 친구가 어딨어!

재희   제기랄 아빠는 딸년을 얼마나 병신으로 봤으면 그런 말이 서슴없이 나와!

철규 이게 어디서 바락바락 대들어, 싫으면 내 집에서 나가!

재희 아, 드럽게 내 집 내 집 하네, 치사해서 진짜!

철규 뭐! 치사? 치사야?!

재희 그만 좀 쥐 잡듯이 잡으라고, 그러니까. 나라고 여기 살고 싶어서 살겠어? 갈 데가 없는 걸 어떡해? 어디 갈 데만 있었으면 진작 나갔어!

정순 너 무슨 말버릇이야, 엄마 아빠한테?

재희 이 집에선 하는 일 없으면 그냥 없는 사람이야. 자식이 애완동물도 아닌데, 번듯하면 자식이고 안 예쁘면 유기야? 방에 자물쇠까지 달았으면 그 마음이 어떤지 한 번쯤 물어볼 만도 하잖아. 말하기 싫은 사람이 나예요, 엄마 아빠예요? 생각을 해보세요. 엄마 아빠가 나라면 유기견에 유령 취급을 1년을 받으면서 여기 붙어있고 싶겠냐구요. 그러다 내 얘기 들어주는 사람 겨우 하나 만났는데 그것도 맘에 안 들어? 어차피 내논 자식새끼 누구랑 뭘 타든 뭔 상관이야?

한편 원희네에서는,

승윤 동우 엄마, 말 좀 해봐, 이게 다 뭐야. 왜 남의 집에 이런 걸 걸어놨어? 저 사람 누구야? 당신 내 택배 저 사람한테 준 거야?

순이 기가 막혀서 원. 하는 일 없이 놀고먹는 주부가 집안 단속이나 잘할 것이지 이런 걸 걸쳐놓고 내 물건을 빼돌려? 내 집에 도둑이 있었어, 도둑이!

원희 내 집이에요.

순이 뭐라고?

원희 내 집이라고요, 친정 부모님이 보태줘서 애 아빠랑 반반씩 산

내 집! 이게 왜 어머님 집이에요. 내 집에서 내 맘대로 물건 처분도 못 해요!

순이 그 물건이 네 거냐? 이게 어디서 시에미한테 대들어!

원희 대들면 좀 어때서요. 시어머니가 뭐 신이에요? 신도 자꾸 사람 시험하면 믿음이고 나발이고 구독 취소예요. 말 나온 김에 한 말씀 더 하는데, 자꾸 교회 가자고 하지 마세요. 저 지옥 갈 거예요!

순이 (커다란 충격) 마귀가 역사했구나!

원희 …… 잘못했어요.

순이 그치? 잘못했지?

원희 네. 어린 나이에 사고 쳐서 결혼했다고 여태껏 시댁에서 기 한 번 못 펴고 싫은 소리 다 듣고, 남편이 나보다 나이 많고 재력 있다고 그 성질머리 다 받아주고, 나도 공부 계속했으면 멀쩡히 직장 다니고 엄마 아빠 사랑받는 외동딸로 살았을 텐데 너무 잘못했어요. 이렇게 살면 안 됐어요.

순이 그래서, 네가 지금 당장 애들 팽개치고 집이라도 나가겠다는 거야?

원희 왜 나가요, 내 집인데. 그리고 원래 들락날락하는 게 집이에요. 맨날 감시받으면서 맘 편히 나가지도 못하는 게 아니라. 아시겠어요?

다시 재희네,

정순 재희야, 너 안 그랬어. 어릴 땐 착했다. 재윤이도 속 한번 안 썩이고 번듯하게 잘 컸는데 넌 왜 반항이야? 것도 스물 아홉에?

철규 안 되겠어. 낙하산을 태워서라도 어디 취직을 시켜야지. 애 똑똑하니까 알아서 하겠지 여태 참았는데, 더 이상은 안 돼. 여보, 나 흰머리 부쩍 느는 거 봐, 다 이 자식 때문이야.

사이좋은 영장류처럼 흰머리를 골라 뽑아주는 모습에 재희는 기가 찬다. 다시 원희네,

승윤 동우 엄마, 당신 왜 그래. 이제껏 우리집 화목하고 아무 일 없었는데 뭐가 그렇게 불만인데. 맘에 안 드는 게 있었으면 나한테 말을 하지, 나 당신 남편인데 나 아니면 누가 들어주, (원희가 말을 끊는다)

원희 닥쳐, 입만 살아가지고. 입 터는 기술은 고객센터 상담하다 늘었나보다? 맨날 물건 사제낄 시간은 있고 와이프한테 먼저 살뜰히 말 걸어줄 시간은 없냐? 처자식 건사를 돈으로만 하는 거라고 생각하는 모지리를 지아비로 섬기고 사는 내가 부처다.

순이 부처라니 기독교 집안에서! (하늘 향해) 주여, 용서해 주시옵소서! (다시 원희에게) 이게 진짜 듣자 듣자 하니까?

원희 예, 계속 듣자듣자 하세요. 그동안 말씀 많이 하셨어요, 어머님.

순이 (기가 막혀서 말도 안 나온다. 그저 기도만 한다) 주여, 우리에게 죄지은 사람을 용서할 때에 주님께서도 우리를 용서하신다고 말씀하였사오니, 마귀가 역사한 이 어린 양을 용서할 수 있게 하여 주시옵소서!

승윤 (이 상황이 다 믿을 수 없다. 저쪽 재희네를 향해 외친다) 거기, 아가씨! 도대체 누구길래 애 엄마를 이렇게 만든 거예요! 내가 애 스물두 살 때부터 알았는데 아가씨 같은 친구 한 번도 못 봤는데, 누구길래 사람을 이렇게 베려놨냐고!

236

철규 베려놓다니! 그쪽 애 엄마가 우리 앨 베려논 거 아냐, 지금! 우리 애 얌전하고 착실하게 회사 다니던 애였는데 그쪽 애 엄마 만나고 이렇게 된 거 아냐? 도대체 그 집구석이 어떻길래 애 엄마가 애는 안 보고 거기 붙어서 우리 애랑 노닥거려!

순이 뭐라구요? 그 집구석! 이 집구석이 어때서! 당신 그 말 당장 취소 못 해!

정순 아니, 우리 애 아빠보다 연배도 아랜 거 같은데 왜 아까부터 계속 반말이야!

순이 좋은 말 나가게 생겼어, 지금!

승윤 여보세요! 왜 저희 어머니한테 그러시는데요, 그 집 자식이 문젠데!

철규 뭐? 증거 있어, 이 자식아?

승윤 얻다 대고 자식이야, 내가 할아버지 자식이에요?

철규 뭐 할아버지?!

그 말에 철규의 뚜껑이 열렸다. 안 그래도 요새 흰머리 때문에 침울한데, 할아버지 소리에 난간을 부여잡고 원희네로 점프할 기세로 으르렁거린다. 정순이 그런 남편을 말린다. 맞은편에서 순이와 승윤도 거세게 맞받아치며 한바탕 싸움이 시작된다.

달 밝은 밤, 양측 동의 두 세대에서 시작된 고성방가에, 위아래 집들의 불이 하나둘 켜지며 발코니에 사람들의 실루엣이 보인다. 처음엔 그들을 만류해보지만 도무지 그칠 기미가 없자, 밤잠 다 깨서 열 받았던 차에 한 덩어리로 뭉쳐 싸운다. 그때 딩동댕동 하는 아파트 안내방송이 울려 퍼지자 싸우던 사람들이 약속이나 한 듯 멈춘다.

방송 안녕하십니까. 입주민 여러분께 공동생활의 규범에 대해 잠시 안내말씀 드립니다. 첫째, 늦은 시간 소음으로 고통 받는 세대가 늘고 있습니다……

그 다음 안내는 싸움을 재개한 사람들의 아우성에 묻히고 만다. 이미 걷잡을 수 없이 번진 두 동의 싸움질에 전 세대의 불이 달빛보다 환하게 켜진다. 그때까지 그 모습을 지켜보던 원희와 재희, 다시 에어팟으로 통화한다.

원희   아, 아쉽네. 더 세게 밀었어야 됐는데. 내가 문과라 계산을 못해.

재희   하필 운때 드럽게 못 맞췄네. 쫌만 일찍 할걸.

원희   어쩌지?

재희   어쩌긴 날라야지. 여기 있으면 불똥 튀니까, 일단 튀고 보자.

원희   H 갈래? 하늘휴게소.

재희   콜. 아빠 차키 훔쳐갈게. 너 아까 술 마셨으니까 운전은 내가 한다.

가족들은 이미 싸움에 열중하여 두 사람을 거들떠보지도 않는다. 그 틈에 원희와 재희가 슬그머니 현장을 빠져나간다. 그 위로 소리.

원희   (소리) 고마워. 너 없었음 어쩔 뻔했니.

재희   (소리) 말했잖아, 너랑 있으면 H, I, J, K, LMNOP 다 간다고.

원희   (소리) 그래. 난파도 같이 하면 어딘가에 닿겠지.

재희   (소리) 우린 이어져 있어서 이제 난파 안 해, H부터는 쭉.

원희   (소리) 그래 H부터.

재희   (소리) 휴게소 가면 감자나 실컷 먹어야지.

원희   (소리) 그런 데 아니야.

재희   (소리) 그럼 어떤데, 지 까짓 게 휴게소지.

원희   (소리) 가보면 알아.

막.

요새 잠을 잘 잡니다. 걱정과 불안이 없기 때문입니다. 아침에 일어나면 늘 건강 앱의 수면 그래프를 확인합니다. 걱정과 불안이 없기 때문에 그래프의 막대기는 거의 끊김이 없습니다. 그런데 오늘 아침에는 막대기가 불연속적으로 끊겨 있었습니다. 그 끊어진 잠의 토막 사이에 기억도 안 나는 심상한 꿈들이 들고 났던 것도 같습니다. 그렇지만 별일은 아닙니다. 그런 날도 있으니까요. 아침으로 샐러드를 막 먹기 시작했을 때 전화 한 통을 받았습니다. 마침 그때 핸드폰 화면을 보고 있었는데 거절과 수락 버튼을 헷갈려 거절해버렸습니다. 괜찮습니다. 가끔 그럽니다. 다시 전화하면 됩니다. 그랬더니 놀랍게도 당선을 알리는 전화였습니다.

오늘 아침에 샐러드와 따뜻하게 데운 닭고기를 먹을 때까지의 제 삶은 잠의 토막 사이에 들고 나는 꿈들처럼 심상하고, 기억도 안 날 만큼 평범했습니다. 사소한 이벤트조차 없었습니다. 기대해본 일은 잘 안 됐으며 거의 모든 일은 반전 없는 결말로 스러지고, 로또는(몇 번 사보지도 않았지만) 5등도 돼 본 적이 없습니다. 애매한 예삿일. 그게 여태껏 살아온 바의 한 줄 평입니다. 그런데 오늘 제 닭고기가 식어가면서부터는 일이 조금 달라졌습니다.

음…… 이게 무슨 일이지? 당선 소감을 쓰는 지금도 어리둥절합니다. 그냥 저는 인생을 거진 방구석에 틀어박혀 책만 읽으며 보냅니다. 어제도 좋아하는 소설가의 최근작을 읽으며, 아 이런 사람이 작가고 예술가지 나는 안 되겠구나 생각했습니다. 그래서 전화가 오지 않는 것에 실망하지도 않았습니다. 그런데 오늘 당선이 되었다 하니 어안이 벙벙합니다. 내가 왜? 어째서?

특별히 감사합니다. 저를 책과 사랑으로 키워주신 어머니, 신춘문예에 응모를 권유하신 연출가 정범철 선생님, 한국방송통신대학교 성선희 선생님, 정다운 희곡창작수업 학우님들, 그리고 저를 뽑아주신 심사위원님들. 덕분에 제가 지금 이 글을 쓰고 있어요.

작가가 되는 것보다 작가로 사는 게 더 힘들다고 합니다. 꾸준히 글을 쓰며 작품을 선보이는 것이 한 번의 당선보다 더 힘들다는 말이겠지요. 앞으로 어떻게 작가로 살아야 할지 걱정이 생기기 시작했습니다. 오늘부터는 제 수면 막대기가 끊기는 걸까요? 전화가 오지 않는 동안 사실 한 가지 생각을 하긴 했습니다. 뭐가 되려고 하지 말고 그냥 쓰는 걸 즐기자. 즐기는 사람은 못 이긴다고 했으니까. 앞으로 어떻게 쓰겠다는 각오는 채 마련하지도 못했지만 즐기며 쓰겠습니다. 사실 즐겁습니다.

강원일보 희곡 부문 당선작

마주 보는 집

■

신영은

2021 '유난히 긴 식탁' 작 · 연출
2020 '우리 집' 작 (광주 5.18 낭독희곡 당선)
'너에게' 작 (대구시립극단 10분희곡 당선)
2019 '미치지않고서야' 작 · 연출
'나의 이웃' 작 · 연출
2018 '국경시장' 각색 · 연출
'파라다이스 호텔' 작 · 연출
극단 드란 상임연출
2014~현재 '라이어' 연출
'라이어 3탄' 연출

등장인물

남자: 히키코모리

여자: 취업준비생

엄마

여동생

센터직원

때

현재

1_

어둠 속에서 타자 소리가 들리고 잠시 후 어렴풋이 조명이 들어온다.
한 남자가 보인다. 컴퓨터를 하고 있다. 잠시 그런 그의 모습이 보인다.

남자 (컴퓨터를 보며) 내가 보는 사이트에는 나보다 훨씬 오래 방에 틀
어박힌 사람들이 많이 있다. 10년, 15년. 아직 5년도 채 되지 않
은 나는 비할 바가 아니다. 그들은 다들 다른 사람을 두려워했
다. 창밖에서 들려오는 다른 사람들의 이야기 소리가 듣기 싫
었고 모습도 보기 싫었다. 이 사이트를 보고 있으면 나만 그런
게 아니라는 걸 알고 안도하게 된다. 하지만 더 많은 글들을 읽
다보면 무서워진다. 그런데도 글들을 자꾸 보는 건 나에게 이
대로 있어서는 안 된다는 경고를 주는 거다.

이때 여자의 알람이 울린다. 어렴풋이 여자의 방에 드러난다.
작은 골목을 사이에 둔 마주 보는 두 집에 그들의 방이 있다.
남자는 1층, 여자는 2층.
여자 알람을 끈다.

남자 나도 아무것도 안 하는 게 아니다.

여자의 알람이 다시 울린다. 힘겹게 일어난다.
아래 남자의 대사가 진행되는 동안 여자는 기지개를 켜고 일어나서 이불
을 정리하고 세수를 하고 옷을 갈아입고 책상 위 거울로 얼굴을 확인하고
모자를 눌러쓰고 핸드폰과 가방을 챙긴다.

남자   어떤 사람들은 다른 사람의 냄새마저 싫어하게 된다고 한다.
       사진이나 영화에 나오는 사람도 두려워지는 거다. 그래서 애니
       메이션만 볼 수 있고 잡지도 살아있는 사람의 사진이 나오는
       페이지는 가족에게 부탁해서 미리 잘라낸 다음 볼 수 있다고
       한다. 그 지경에 다다르면 끝이다. 그래서 며칠 전 창문을 막아
       둔 종이에 구멍을 냈다. 아주 작은 구멍. 사람을 봐야겠다고
       생각했다. 그렇게까지 사람이 무서워지는 것만은 막아야 한다
       고 생각했다. 사이트에서도 그랬다. 다시 밖을 나가려면 작은
       것부터 해나가면 된다고. 자꾸 실패하겠지만 포기하지만 않으
       면 된다고 했다. 나 역시도 아직은 실패지만, 나에게는 시간이
       많다.

       어느덧 창 쪽으로 고개를 돌리고 있던 남자는 이내 마음이 동했는지 일어
       나서 창문 구멍으로 간다. 잠깐 내다보지만 금방 눈을 뗀다. 심장이 쿵쾅
       댄다. 그래도 아무도 없음에 숨을 고르고 다시 용기를 내서 밖을 본다.
       아까보다 괜찮다.
       시간이 조금 흐른 뒤, 여자가 집에서 나온다. 남자는 화들짝 놀라 눈을
       뗀다.
       여자는 기지개를 켜고 길을 나선다.
       남자가 다시 봤을 때는 이미 여자는 없다.
       구멍에서 눈을 뗀 남자는 책상 위 달력을 확인한다.

남자   방에 숨은 지 4년 5개월 17일째. 나는 처음으로 가족이 아닌 타
       인을 봤다.

       이때 남자의 방 노크 소리. 남자의 얼굴이 사나워진다.

엄마	자니?
남자	…
엄마	엄마 오늘 지방 가야 해서 일찍 나가.
남자	어쩌라고!!!
엄마	… 제육볶음이랑 미국역 끓여놨어. 냉장고에 있으니까 챙겨 먹으라고. 아빠도 오늘 일찍 나가신다니까 일찍 챙겨 먹어도.
남자	쪽지로 하라고 했잖아. 말 시키지 말라고!!! (사납게 바닥에서 집히는 물건을 문에 던진다)
엄마	알았어… 요새는 왜 안 내려와. 아빠 안 계실 때도.
남자	…
엄마	얼굴 본 게 언제야…? 응?
남자	…
엄마	다녀올게… 밥 먹어.

남자 한 번 더 물건을 던진다. 씩씩거리며 이불 속으로 들어가서 얼굴까지 이불을 덮는다.

2_

남자는 자고 있고 여자는 집에 들어가는 길이다.

여자	월요일부터 금요일 5시에 일어나서 6시부터 11시까지 사무실 청소. 시급 10000원에 시작해서 지금은 10400원이 됐다. 일찍 일어나야 하는 거랑 나와 비슷한 연령대의 직장인들을 봐야 하는 괴로움만 뺀다면 나쁘지 않은 일이다. 이런 아침 알바는 돈

도 벌면서 하루를 효율적으로 쓸 수 있기 때문에 귀하다. 점심은 먹지 않는다. 1시부터 듣는 학원 수업 때 졸리기도 하고 무엇보다 2끼를 먹기에는 생활비가 부족하다. 자판기 커피 2잔이면 당도 안 떨어지고 버틸만하다. 6시 학원이 끝나면 집으로 와 저녁을 먹고 8시부터 12시까지 인터넷 강의를 듣고, 끝없이 검색을 하고, 자소서를 쓰고, 이력서를 쓰고 보낸다. 다른 사람들이 볼 때 지난 5년 동안 나는 아무것도 해낸 게 없지만…

잠시

여자 나도 아무것도 안 하는 게 아니다.

여자, 집으로 들어간다. 모자를 벗고 씻으러 들어간다.
잠시 후, 남자가 일어나 기지개를 켠다.
씻고 나온 여자는 삼각 김밥을 들고 책상에 앉아 노트북을 편다.
삼각 김밥을 먹으며 열심히 강의를 듣는다.

남자는 시간을 한 번 확인하고 조용히 방문을 열고 나간다.
잠시 후 제육볶음과 밥, 그리고 생수 한 통을 들고 방으로 들어온다.
컴퓨터 앞으로 가 밥을 먹으며 컴퓨터를 한다.

강의가 끝난 여자는 기지개를 켠다.
책상 앞 창문을 연다.
바람이 불자 여자 창문 앞에 걸려있던 '풍경'이 작은 소리를 낸다.
아무도 없는 조용한 거리에 풍경 소리가 퍼진다.
여자는 가만히 풍경을 본다.

컴퓨터를 하던 남자도 이 소리를 듣는다.

남자는 궁금하다. 망설이다가 창문에 낸 구멍을 한 번 본다. 힘겹다 밖을 본다.

여자의 창문 앞에서 바람에 흔들리는 '풍경'과 그 풍경을 바라보고 있는 여자를 본다.

그는 이내 눈을 떼지만, 다시금 보고 싶다. 다시 밖을 내다보지만 곧 다시 눈을 뗀다.

'풍경' 소리 여전히 들려오고 깊은 밤을 가득 채운다.

3_

여자는 이제 '지선'이다. 지선은 매우 자신감 넘치고, 명랑한 인물이다.

지선은 누군가를 기다린다.

남자는 과거 대학을 다닐 때다.

지선	선배님!
남자	네?
지선	안녕하세요. 저 기억하시죠? '사회와 성생활' 교양 같이 듣고 있는데…
남자	네… 우리 같은 과예요?
지선	아니요. 저 신문방송학과요.
남자	아…
지선	오늘 수업 휴강인 거 문자 받으셨어요?
남자	네… 받았어요.
지선	저 2학년이에요. 그냥 편하게 말하셔도 돼요.

남자	아… 아… 네…
지선	혹시 괜찮으시면 저랑 '콩쥐네'가서 돈까스 안 드실래요?
남자	네?
지선	돈까스 싫어해요?
남자	아…
지선	돈까스 싫어하는 남자 없던데?
남자	… 안 싫어해요.
지선	그럼 가요. 점심 먹어야 되잖아요. 같이 먹어요.

지선 먼저 길을 나선다.
남자는 어안이 벙벙한 표정으로 그녀를 따라간다.
잠시 후, 남자는 상기된 표정으로 장미꽃을 하나 들고 등장한다.

남자	(쉰 호흡을 하며) 지선아, 오늘은 내가 정말 할 말이 있는데… '지선아, 나 널…' 아냐. 다시 다시. '너 누구 좋아하는 사람 있니?' 하— 할 수 있을까?

이때 지선이 통화하며 등장한다.
남자는 당황해 몸을 숨긴다.

지선	내가 남자랑 있는 거 봤다고? 아, 진짜 웃겨. 그거 질투지? / 아니, 그 교수님 타인하고 친해지면서 그 과정을 상세히 분석해서 리포트 제출하는 거. 그걸로 중간고사 대체한대. / 야, 복학생만큼 접근하기 쉬운 존재가 어딨냐? 며칠 보니까 혼자 다니더라고, 완전 딱이지. / 맞아. 한 번도 거절을 안 하더라. 좀 미안해. 뭐 이상한 착각하는 거 아니겠지? (웃음) 아 몰라 몰라. 창

희 선배가 미리 하라고. 그 과제 발표 나면 여기저기서 모르는 사람한테 말 걸어서 성공할 확률이 확 떨어진데. 그래서 난 그 수업 듣자마자 복학생 하나 물었지. 나 성적 잘 나와야 돼. / 안돼, 이따 창희 선배가 데리러 온대. 몰라— 암튼 끊어. 나 그 복학생 만나야 돼. 오늘 웬일로 자기가 먼저 만나자고 하더라고. 응. 으— 제발. 알았어. 이따 연락할게.

전화를 끊은 지선은 남자를 기다린다.
통화를 들은 남자는 조용히 다른 방향으로 걸어간다.

다시 현재, 남자의 방.

남자 (컴퓨터를 하고 있다) 아마 뭐 그딴 일 때문에 방 안에 틀어박혔냐고 말을 할지도 모르겠다. 하지만 이 사이트에 있는 사람들도 시작은 대체로 비슷하다. 아주 작고 사소한 일. 직장 상사가 나만 놓고 팀원들과 회식을 갔다거나, 가족이 내 생일만 깜박했다거나 그런 일들을 당한다. 처음에는 그럴 수도 있는 일이라며 넘기려고 한다. 그런데 점차 그게 한 명이 아니라 다수가 되면 어쩌나, 아니 이미 다수가 그러고 있는 걸 나만 모르는 게 아닌가 하는 생각이 든다. 무서워진다. 나랑 마주하고 있는 저 사람이 대체 뭘 생각하고 있는지 전혀 모른다는 게 견딜 수 없게 무서워지면, 방에서 나가기 힘들어지고, 그렇게 이 사이트만 보고 있게 되는 거다. 이제 와서 특별히 그 여자애를 원망하는 건 아니다. 다만 나는 왜 더 많은 사람들처럼 그 일을 아무렇지 않게 뛰어넘지 못했는가를 원망하는 거다. 하지만 나 스스로를 원망하는 건 좋지 않다. 스스로를 이해하고 토닥여줘야 치유되고 방문을 열 수 있다고 했다.

그는 스스로를 토닥이고 안아준다. 그렇게 가만히 있는다.
이때 창문 앞 책상에 앉아있던 여자의 전화벨 소리.

여자   여보세요 - 집. 왜 - 뭐?!!! 어, 어디를? 얼마나? 그래서 지금 병원이야? 아니, 그걸 공장에서 왜 혼자 해?… 수술? 수술비는 얼마나 나온대? 하… 아빠가 무슨 돈이 있어. 고모한테 또 어떻게 돈을 빌려. 말도 꺼내지 마!… 하고 있어요. 적당히? 아니, 내가 고르긴 뭘 골라! 요즘 취직하는 게… 아. 그만 해요. 알았어. 알바랑 학원 있는데 거길 어떻게 가… 수술 잘 받고. 응… 암튼 돈 보내고 연락할게. (끊는다)

남자는 여자의 통화를 듣게 됐다.
여자는 핸드폰으로 은행 잔고를 확인한다. 한숨.
잠시 후, 전화를 건다.

여자   밤늦게 죄송해요. 네…. 저 혹시 알바 한 타임 더 할 수 있을까요? 야간요? 아…12시에 끝나요? 아… 거기 회사 위치가 어딘데요? 아… 30분만 일찍 끝나면 막차 탈 수 있을 거 같긴 한데, 그렇게는 어렵죠? 네… 아니, 상황이 좀 급해서요. 그건 아니고…

여자의 통화는 계속되고,
가만히 자기 어깨를 감싸 안고 있던 남자도 다시 컴퓨터를 한다.

252

4_

알람 소리.
남자 컴퓨터를 하고 있다가 창문에 난 구멍을 본다.

남자 앞집 사람은 새벽 5시에 일어난다. 정확하게 15분 뒤 항상 같은 모자를 쓰고 어딘가로 간다. 직장을 가는 거 같지는 않은데 이렇게 일찍부터 어딜 갈까? 나는 앞집 사람이 나가는 모습을 보고 잠이 든다. 나는 앞집 사람의 창문에 달린 소리 나는 물건이 '풍경'이라는 걸 알아냈다. '풍경' 왠지 입에서 바람 소리가 나는 거 같다. 아주 잘 어울리는 이름이다. 앞집 사람은 저녁 7시에 돌아온다. 더 늦는 법이 없다. 집에 들어가서도 줄곧 책상에 뭔가를 하다 12시 잠자리에 든다. 새벽 5시부터 저녁 7시까지 밖에서 뭘 하는 걸까? 취직 준비? 대학교에 입학하자마자 주변에서는 다들 취직 이야기뿐이었다. 물론 지금의 나에게는 너무 먼 이야기지만. 취직 준비라면, 과연 어떤 준비를 그렇게까지 하는 건지 나로서는 도저히 상상이 가지 않는다. (잠시) 이상하다? 5시가 넘었는데 알람 소리가 들리지 않는다.

남자는 시간을 확인하며 창밖을 자꾸만 본다.
잠시 후, 여자가 문을 열고 나온다.
평소와 다르게 정장을 차려입었다.

남자 어!

남자, 자기 목소리에 놀란다.

여자, 발끝부터 천천히 자기를 둘러보며 컨디션을 확인한다.
한 걸음 내딛기 전에 기도를 한다.

여자 하나님 아버지, 제발 제발 제가 떨지 않고, 준비한 답변을 잘
할 수 있도록 해주시고, 심사위원이 저를 좋게 봐주시게 그의
마음을 움직여주시고, 저 제발 이번에는 취직할 수 있게 해주
세요. 계약직이라도 좋습니다. 정말 너무 일하고 싶어요. 정말
너무 엄청 간절하게 기도합니다. 제발요. 아멘.

여자, 걸어간다.
남자, 그 모습을 본다.
창에서 눈을 떼고도 왠지 긴장되고 설레는 거 같다.
다시 컴퓨터를 하려던 남자는 새삼 지저분한 책상이 눈에 들어온다.

5_

여자가 골목에 나타나면 갑자기 남자가 뛰어나와 여자에게 꽃가루를 날
리고 우렁찬 박수 소리와 환호소리가 들린다.
여자는 관객들을 향해 우아하게 손을 흔든다.
여자와 남자의 말투와 행동은 과장됐다.

여자 감사합니다. 다들 너무 감사해요. 제가 드디어, 5년간의 길고
긴 터널을 지나 '취업'이라는 햇살을 한껏 맞이했습니다.

여자는 갑자기 눈물이 나는지 훌쩍거리고, 남자는 멋지게 손수건을 꺼내

그녀에게 건넨다.

여자   (손수건으로 눈물을 훔치며) 쉽지 않은 시간이었어요. 그 시간들이 떠오르네요.

남자   어떤 점이 가장 힘겨우셨나요?

여자   외톨인 거?

남자   외톨이요?

여자   네. 친구들은 취직하고 결혼하는데… 저 혼자 남아 알바와 이력서 쓰기로 버텨내던 날들이었습니다.

남자   그래도 친구는 만날 수 있잖아요? 친구는 그런 걸 다 뛰어넘는 존재 아닌가요?

여자   저도 그런 줄 알았죠. 참 순진했죠. 사는 모습이 너무 달라지면 할 이야기가 없거든요. 그러면 불편해지죠. 친구도 할 이야기가 있어야 하고 비슷하게 지갑을 열 수 있어야 하거든요.

남자   그래도 가족들이 있잖아요?

여자   '일은? 취업은? 올해는 하는 거지? 무슨 일이든 일단 시작해야 하지 않겠니? 이런 질문밖에 할 게 없으면 가족도 불편해져요. 그런 거 잘 모르시는구나?

남자   데헷- 네. 저는 잘.

여자   나도 내가 불안하고 걱정되는데, 다른 사람들까지 한마디씩 더 붙이면 진짜 버티기 힘들거든요. 안 그래도 겨우 버티고 있는데. 어떻게든 버티려고 나 혼자 있던 시간들이 가장 힘들었어요.

남자   이제 그만 우세요. 보세요. 저 취업의 햇살을.

여자   (눈부신 듯 눈을 찌푸린다) 그러게요. 정말 감격스러운 날이네요.

남자   자, 가장 하고 싶은 게 뭔가요?

여자   (자신의 목을 만지며) 제 목에 사원증을 걸고 또각또각 구두 소리를 내며 복도를 걷고 싶어요.

남자   자, 가고 싶은 만큼 걸어가세요. 아, 저희한테 마지막 인사는 잊지 마시고요.

여자   (우아하게 모두를 바라보며) 오로지 혼자 버티던 시간을 지나 이제 저는 직장인의 길로 나아갑니다. (다시 한번 손을 흔들며) 다들 정말 감사해요. 맘껏 또각 구두를 신고 나아가도록 하겠습니다.

남자는 다시 여자에게 꽃가루를 날려주고 퇴장한다.
혼자 남은 여자.
술에 취한 여자는 맥주를 들고 신나게 비틀거리며 집으로 간다.
남자는 방에서 그런 여자를 보고 있다.

이내 여자의 창문이 열리고, 맥주를 마신다.
손으로 '풍경'을 건드려 소리를 내본다.
여자는 핸드폰을 꺼낸다.

여자   아빠, 자지?… 나 취직했어. 월요일부터 출근하래. 그동안 걱정 많았지? 아빠. 병원비랑 생활비 너무 걱정 마요. 이제 내가 월급도 받을 거고 직장인이니까 대출도 될 거야. 그러니까 무조건 치료 잘 받아요. … 병원도 못 가보고 미안해… 앞으로 내가 잘 할게요. 잘 자요. 걱정 없이 푹.

여자는 유독 맛있게 맥주를 마신다.
그런 여자를 보고 남자 방에 있던 생수를 들고
여자를 향해 건배를 한다.

256

남자   … 축… 축하.

남자도 맛있게 생수를 마신다.
잠시 후,
노크 소리.
남자 문을 향해 던질 뭔가를 집어 든다.

여동생   오빠?
남자   왜!!
여동생   기억해? 우리 중학교 때 학교 가는 길에 있던 '곰돌이 빵집'. 오
빠 그 집 크림빵 좋아하잖아? 오늘 일 있어서 그쪽 갔다가 사
왔는데…잠깐 내려올래?
남자   …
여동생   아빠 늦는다는데. 응?
남자   …
여동생   싫으면 그냥 올려다 줄게…

잠시.
남자, 문으로 다가가 방문을 열고 나간다.

6_

이 장면에서 남자는 '직장인'이다.
직장인을 따라서 등장하는 여자. 정장을 입고 구두를 신고 있다.
걸을 때마다 들리는 또각 소리.

직장인	윤소정 씨죠?
여자	네! 윤소정입니다!
직장인	아… 진짜 난처하네…
여자	?
직장인	윤소정 씨, 너무 미안해요. 우리 직원이 실수를 해서 합격 연락을 잘못 드렸어요.
여자	네? 그게 무슨…?
직장이	동명이인이 있었는데 그 직원이 생년월일을 확인 안 하고 그냥 이름만 보고 연락을 한 거 같아요. 아니, 연락을 했지.
여자	…
직장인	5월생이죠?
여자	… 네
직장인	우리가 뽑은 사람은 12월생 윤소정 씨거든요. 동명이인이 있는 경우가 우리도 처음이어가지고 거기까지 신경 쓰지를 못했어요. 아, 진짜 미안해요.
여자	네…
직장인	우리 회사 규모도 작고, 보다시피 쪼끔한 회사잖아요. 그러니까 이해 좀 해줘요. 더 좋은 데 취직할 거예요. 그냥 액땜했다 쳐요. 알았죠?
여자	(대답 없이 고개를 끄덕인다)
직장인	응응. 좋다. 너무 기운 빠지지 말고 또 힘차게! 오케이? 그럼 조심해서 가요. (주머니에서 봉투를 꺼내서 건네며) 오늘 오느라 수고했어요. 약소하게 교통비 정도 넣었어요.
여자	아, 아닙니다.
직장인	에에— 우리도 이래야 맘 편하니까. 응? (여자 손에 쥐어주고) 그럼 조심히 가요. 파이팅.

258

직장인은 다시 사무실로 들어간다.

혼자 남은 여자.

손에 남은 봉투를 물끄러미 쳐다본다.

7_

골목에 서 있는 여자.

여전히 손에 들린 봉투를 본다.

주저앉는다.

여자   막막하다.

여자는 무릎에 고개를 파묻고 운다.

어둠 속에서 남자의 거친 숨소리만 들린다.

남자는 이불을 뒤집어쓰고 흥분한 듯, 울고 있는 듯.

잠시 후, 노크 소리.

남자의 흐느낌 멈춘다.

엄마   병원에 갔어. 일단 아빠가 같이 갔어.

남자   …

엄마   너무 걱정 마. 구급대원도 찢어져서 피가 났으니 오히려 괜찮
은 거라고 너무 걱정 말라고 했어.

남자   …

엄마   듣고 있지?

남자   …

엄마   너도 많이 놀랐지?

남자, 덮고 있던 이불을 내린다.

엄마   엄마는 잘 모르지만…그럴 수도 있다고 생각해. 사람 마음이라
        는 게 쌓이기만 하다 보면… 너무 걱정 마.

엄마, 남자의 대답을 기다리지만 아무 반응이 없자

엄마   지윤이 괜찮을 거야.

남자, 문으로 다가간다.

남자   엄마…
엄마   어?
남자   그러려고… 그랬던 거… 아니야. 지윤이가 걱정해서 그런 말
        한 것도 알아. 근데 모르겠어. 그냥 그 순간 내 속에서 뭔가 확
        하고 터지는 거 같았어. 그래서…. 그래서 내가…지윤이를 밀
        친 거야. 지윤이를 미워하거나, 지윤이한테 화가 나서가 아니
        라…
엄마   응.
남자   … 나한테 화가 나서 그랬어…
엄마   … 응…
남자   지금까지도 나한테 화가 나서 그랬나 봐. 이렇게 밖에도 못 나
        가고… 미안해, 엄마.

엄마	응?!
남자	미안해… 엄마한테도, 지윤이한테도, 아빠한테도…
엄마	…
남자	…
엄마	지석아. 엄마랑 지윤이랑 아빠는 괜찮아.
남자	…
엄마	… 그냥 우린… 너도 괜찮았으면 좋겠어.
남자	… 아빠한테 전화 오면 지윤이 어떤지 꼭 알려줘.
엄마	응. 알았어.

남자는 꼼짝 않고 문 앞에 있다.
남자의 손에 아직 여동생을 밀쳤던 감각이 남아있는 듯,
그는 자신의 양손을 본다.

조명이 어두워진다.
다시 조명이 들어왔을 때,
남자는 이불에만 누워있다.
여자는 이불에만 누워있다.

잠시 후, 조명이 다시 어두워지고, 다시 들어오고,
그렇게 몇 번이 반복되지만 그들은 그대로 있을 뿐이다.

다시 조명이 들어오고, 노크 소리가 들린다.

여동생   오빠.

남자가 이불에서 나온다.

8_

남자 앞집 여자가 집에서 나오지를 않는다. 얼마나 그랬는지는 모른
다. 나도 며칠을 내다보지 않았으니. 지윤이가 퇴원을 했지만
얼굴을 보지는 않았다. 지금의 나로는 볼 수 없었다. 조금 더
나아가야 한다. 어제 신문을 읽었다. 다른 사람들은 어떻게 살
고 있는지 알고 싶어서 하루 종일 신문을 읽었다. (컴퓨터로 신문
을 읽는다. 잠시) '청년 고독사' 나는 그런 말이 있는지도 몰랐다.
젊은 사람이 주변 사람들과 단절된 채 홀로 쓸쓸하게 죽는 거
라고 한다. 사이트에서도 그런 이야기는 없었다. 생각해보면
우리 같은 사람들한테 많이 일어났을 법한 일인데… 하긴 그런
일을 겪은 사람은 사이트에 글을 쓸 수 없으니 내가 읽어보지
못한 것이 당연할지도 모른다.

남자는 창문으로 가 구멍을 내다본다.
여전히 앞집 여자의 창문이 닫혀있다.
남자는 다시 컴퓨터를 한다.

남자 그렇게 죽은 이들의 방에는 많은 이력서, 가벼운 통장, 많은 약,
벽을 가득 채운 할 수 있다는 메모, 그런 것들이 남아있다고 한
다. 그들은 왜 혼자가 되었을까? 나는 스스로 혼자가 되기 위해
방문을 닫았지만, 끊임없이 이력서를 쓰고, 아르바이트를 하고,
그렇게 세상으로 나아가려고 열심이었던 그들은 왜 혼자가 될

수밖에 없었을까.

남자는 잠시 생각 후, 창문을 다시 보고, 달력을 보며 날짜를 따져본다.
불안한 마음이 든다.
인터넷을 검색해 번호를 하나 찾는다.
핸드폰에 누른다.
남자는 몇 번을 망설이다 통화 버튼을 누른다.

센터	은평4동 주민센터입니다. 무엇을 도와드릴까요?
남자	…
센터	여보세요? / 말씀하세요, 여보세요
남자	…저….
센터	네, 말씀하세요.
남자	저… 그….
센터	네.
남자	사람이 안 보여서요.
센터	네?
남자	그게… 사람이 집에서 안 나오는 거 같아서요.
센터	집에서요? 며칠이나요?
남자	아… 3주 넘었을 거 같아요.
센터	3주요? 근데 왜 이제 전화를 하셨어요?
남자	네?
센터	아니, 혹시 집 안에서 뭐 생활 반응 같은 것도 전혀 없나요? 불이 켜진다거나, 뭐 소리가 난다거나.
남자	전깃불도 안 켜는 거 같고, 창문도 안 열려요.
센터	그 집에는 가보셨어요?

남자	제가요?
센터	네
남자	아, 아니요.
센터	아… 혹시 주소가 어떻게 되죠?
남자	네?!! 저희 집이요?!
센터	아니요, 그 분 집이요. 집에서 안 나오시는 거 같다는.
남자	아…
센터	주소 말씀해주세요. 그러면 저희가 한번 방문을 해볼게요.
남자	그게…
센터	네.
남자	….
센터	근데 지금 전화하시는 분은 누구시죠? 어떤 관계세요?

남자, 황급히 전화를 끊어버린다.

9_

남자는 청바지와 검은 티셔츠를 입고, 검은 모자와 검은 마스크를 쓴다.
창밖을 한 번 살펴보고, 결심했다는 듯 책상에 있는 택배 상자를 든다.
방문을 열고 나간다.
남자는 골목으로 나왔다. 쉽지 않다.
하지만 시간을 들여 남자는 골목을 건너 여자의 집 앞에 선다.
창문을 올려 본다.

남자	아―

264

남자는 자신의 목소리가 골목에 퍼지는 것이 어색하다.

잠시 망설이지만 다시 소리를 내기로 결심한다.

작은 기침으로 목을 풀어본다.

그는 여자의 창문을 다시 한번 올려 보고

찾아봤던 수많은 기사들을 떠올린다.

시간이 없다.

심호흡을 크게 하고 문을 두드린다.

고요한 골목에 노크 소리가 퍼진다.

답이 없다. 몇 번을 더 해보지만 아무 답이 없다.

남자   (작은 소리로 기어가듯 겨우 소리를 내지만 이는 점차 커진다) 저… 저기… 누구 안 계세요? … 저…. 저기, 저기요!… 여보세요? 누구… 누구 없어요? (노트도 한다) 거기 누구 없어요? 저기요!!!! 거기 누구 없냐고요!!!!

어느새 그는 울먹이며 외치고 있다.

이때, 갑자기 문이 열린다.

초췌해진 얼굴에 기운이 없어 보이는 여자다.

여자   … 있어요. 여기 있어요.

남자   !!!!

여자   뭐예요?

남자   네?!!!

여자   누구시냐고요.

남자   아….!!!! 택! 택배!! 택배예요.

여자   뭐 산 거 없는데.

남자   그래도 택배요, 택배!!

남자는 급하게 여자에게 상자를 주고 달려간다.

여자   저기요! 저기요!!

남자의 모습이 이내 보이지 않는다.

여자   뭐지?

상자에 붙은 쪽지를 본다.

여자   '아자, 아자!'? (남자가 달려간 쪽을 향해) 저기요!!!

남자가 달려간 쪽을 잠시 보고 상자를 들고 방으로 들어간다.
방 불을 켠다. 처음 남자의 방만큼이나 더러워져 있다.
컵라면, 휴지, 삼각김밥 포장지 등이 이불 주위에 널려있다.
이불이 깔린 옆에 책상 의자에 놓여있고 의자 위에 노끈이 보인다.
여자는 그런 자신의 방을 본다. 아주 오랜만에 보는 것처럼.
그리고 책상으로 가 상자에 붙은 쪽지를 다시 한번 보고,
조심스럽게 상자를 열어본다. '풍경'이 하나 들어있다.

여자   아자, 아자.

고개를 돌려 의자와 그 위의 끈을 본다.
여자 주저앉는다.

266

10

남자 괜한 짓을 했다. 역시나 걱정한 대로였다. 알지도 못하는 남자
가 그렇게 어설프게 뭔가를 주는 건 기분이 나쁘고 불쾌한 게
당연한 일이다. 왜 그랬지? 하루에 몇 번씩이나 그 장면을 다시
떠올린다. 생각할수록 멍청한 짓이다. 사이트에 글을 올리니
집을 나간 시도는 좋았지만 모르는 여자에게 뭔가를 준 건 잘
못한 일이라고 많은 댓글이 달렸다. 나는 그냥 응원을 해주고
싶었을 뿐인데 그들의 말이 맞는 모양이다. 3일째, 창문은 열리
지도, 풍경은 걸리지도, 밖에 나오지도 않는다. 그 사람도 나처
럼, 우리처럼 방 안에 숨기로 결심을 한 걸까?

남자는 이불 위에 눕는다.

원래대로 깨끗이 정리된 여자의 방이 보인다.
나갈 준비를 하던 여자가 전화를 건다.

여자 안녕하세요. 오늘 알바 면접 보기로 했던 사람인데요. 아침에
전화 달라고 하셔서요. 네. 아, 거기 알아요. 1시간 안으로 도착
할 수 있어요. 아닙니다. 네네. 그럼 이따 뵐게요. 네.

전화를 끊고 나간다.
골목에 나온 여자는 누군가를 찾듯 두리번거리다 이내 길을 나선다.

남자는 그저 멍하니 누워있다.
이때, 소리가 들린다.

'풍경' 소리다.

소리를 들은 남자는 이불에서 나와 창문으로 간다.

구멍을 내다본다.

여자의 창문이 열려 있다.

나란히 걸린 두 개의 풍경에 종이가 매달려 있다.

남자, 그 종이를 본다.

그리고 남자는 옷을 갈아입는다.

11_

이전과 동일한 옷차림으로 남자가 나왔다.

쉽지 않지만 남자는 포기하지 않고 고개를 들어 여자의 방 창문을 본다.

두 개의 풍경에 매달린 제법 큰 종이.

'고맙습니다'

'당신도, 아자 아자'

남자, 그 종이를 한없이 본다.

'풍경' 소리가 골목을 가득 채운다.

12_

알람 소리.

여자가 일어나 기지개를 켜고 모자를 쓰고 나갈 준비를 한다.

알람 소리.

남자가 일어난다.

방은 비교적 깨끗해졌고, 쓰레기를 한곳에 모아놨다.

여자는 골목으로 나온다.

습관처럼 골목을 둘러본다. 시간을 확인하고 길을 나선다.

방을 치우던 남자는 창문이 눈에 들어온다. 다가간다.

잠시 고민하지만 창문에 붙어있던 두꺼운 검은 종이를 떼어낸다.

창문을 열어볼까 하지만 거기까지는 무리다.

남자는 청소를 계속 한다.

조명이 서서히 어두워진다.

막.

기쁩니다. 참으로 기쁩니다.

이토록 순순하게 '기쁘다'라는 감정을 느껴본 것이 생소할 정도로 말이죠.

언제나 제 주변에서 작디작은 힌트를 만나 이야기를 만들었습니다. 다시금 그 일들이 일어날까 항상 두렵지만, 또 그 꿈같은 과정을 기도하며 주변을 둘러보곤 합니다. 아마도 그런 와중에 좀 더 힘내서, 좀 더 가보라는 응원으로 이런 선물이 주어진 게 아닌가 생각합니다.

저는 언제나 부족하지만, 좋은 배우와 스태프, 그리고 그것을 지켜봐 주는 관객들이 있어 가득 찬 무대가 됩니다. 이 이야기도 역시 그런 무대로 만들어질 것을 기다리겠습니다.

부족한 저에게 큰 응원의 손을 내밀어주셔서 정말 감사합니다.

저는 또 그 힘으로 걸어가도록 하겠습니다. 기쁜 나날일 겁니다.

역대 신춘문예 희곡 당선 작품집 수록작품

유은하 · 날아라! 거북선 전남일보
김 원 · 봄날에 가다 조선일보
김효정 · 쥐를 잡자 한국일보

2008 신춘문예 희곡 당선 작품집
이진경 · 리모콘 동아일보
엄현석 · 개 무등일보
조연미 · 꿈꾸는 심해어 무등일보
박철민 · 문상객담(問喪客談) 부산일보
이양구 · 별방 서울신문
정서하 · 카오스의 거울 전남일보
김지용 · 그 섬에서의 생존방식 한국일보

2009 신춘문예 희곡 당선 작품집
최문애 · 실종 동아일보
변기석 · 물을 꼭 내려주세요 부산일보
안재승 · 청구서 서울신문
박나현 · 사다리 전남일보
주정훈 · 열 두 대신에 불리러 갈 제 한국일보
황윤정 · 극적인 하룻밤 한국일보

2010 신춘문예 희곡 당선 작품집
임나진 · 문 없는 집 동아일보
이난영 · 일등급 인간 부산일보
이시원 · 변신 서울신문
이 철 · 유산 전남일보
이 서 · 견딜 수 없네 조선일보
김나정 · 여기서 먼가요? 한국일보

2011 신춘문예 희곡 당선 작품집
배진아 · One more Time 경상일보
방동원 · 목소리 동아일보
오세혁 · 크리스마스에 삼십 만원을 만날 확률 부산일보
오세혁 · 아빠들의 소꿉놀이 서울신문
최명식 · 자유로울 수는 없나요? 전남일보
김슬기 · 사랑이라고 부르는 것 조선일보
김성배 · 확률 한국일보
이해주 · 돌고래가 나오는 꿈 한국희곡작가협회

2012 신춘문예 희곡 당선 작품집
이여진 · 소녀–프랑켄슈타인 경상일보

신비원 · 자전소설 동아일보
정소정 · 모래섬 부산일보
하 우 · 모기 서울신문
김현정 · 소풍 아시아일보
한연지 · catch my life 전남일보
정상미 · 그들의 약속 조선일보
허진원 · 덫 한국일보
윤미현 · 우리 면회 좀 할까요? 한국희곡작가협회

2013 신춘문예 희곡 당선 작품집
염지영 · 나비에 대한 두 가지 욕망 경상일보
최준호 · 일병 이윤근 동아일보
현찬양 · 401호 윤정이네 부산일보
임은정 · 기막힌 동거 서울신문
이미경 · 우울군 슬픈읍 늙으면 조선일보
김성제 · 동화동경(童話憧憬) 한국일보
민미정 · 당신에게서 사라진 것 한국희곡작가협회

2014 신춘문예 희곡 당선 작품집
황석연 · 갑론을박(甲論乙駁) 경상일보
김경민 · 욕조 속의 인어 동아일보
최보영 · 드라마 부산일보
김아로미 · 전당포 서울신문
김도경 · 사랑하기 좋은 날 조선일보
김원태 · 오늘의 저격수는 딸기 맛 초코바를 먹는다 한국일보
이은솔 · 정말이야 한국희곡작가협회

2015 신춘문예 희곡 · 시나리오 당선 작품집
최우람 · 비상구는 있다 경상일보
박 선 · 물의 기억 동아일보
남 열 · 우산길 부산일보
송경화 · 프라메이드 서울신문
남은혜 · 달빛 조선일보
박교탁 · 빨간 휴지줄까, 파란 휴지줄까? 한국일보
김나율 · 초대 한국희곡작가협회

2016 신춘문예 희곡 · 시나리오 당선 작품집
이성호 · 감염 경상일보
김경주 · 태엽 동아일보
김희정 · 정복의 영웅 동아일보
손상민 · 잊어버린 계절 부산일보

김주원 · 노인과 바다 서울신문
황승욱 · 세탁실 조선일보
황현진 · 귀신 한국경제신문
이진원 · 손님 한국일보
이예찬 · dOnut 한국희곡작가협회

2017 신춘문예 희곡 당선 작품집
김연민 · 명예로울지도 몰라, 퇴직 경상일보
김명진 · 루비 동아일보
양예준 · 달팽이의 더듬이 부산일보
조현주 · 오늘만 같지 않기를 서울신문
고군일 · 자울아배 하얘 조선일보
주수철 · 그린피아 305동 1005호 한국일보
임진현 · 횃불 한국극작가협회

2018 신춘문예 희곡 당선 작품집
송현진 · 춤추며 간다 경상일보
이수진 · 친절한 에이미 선생님의 하루 동아일보
이유진 · 비듬 부산일보
최고나 · 가난 포르노 서울신문
정재춘 · 조용한 세상 조선일보
이소연 · 마트료시카 한국일보
이민구 · 냄새가 나 한국극작가협회

2019 신춘문예 희곡 당선 작품집
김환일 · 고해(告解), 고해(苦海) 경상일보
최상운 · 발판 끝에 매달린 두 편의 동화 동아일보
이주호 · 밀항 매일신문
김옥미 · 도착 부산일보
조은희 · 우산 그늘 서울신문
오현근 · 양인대화 조선일보
홍진형 · 가족연극 한국극작가협회
차인영 · 이 생을 다시 한 번 한국일보

2020 신춘문예 희곡 당선 작품집
김미령 · 옷장 속 남자 경상일보
조지민 · 선인장 키우기 동아일보
정승애 · 32일의 식탁 매일신문
연지아 · 마지막 헹굼 시 유연제를 사용할 것 부산일보
김지우 · 길 서울신문
김준현 · 절벽 끝에 선 사람들 조선일보

임지수 · 저 나무 하나 한국극작가협회
이홍도 · 컬럼비아대 기숙사 베란다에서 뛰어내린 동양인 임산부와 현장에서 도주한 동양인 남성에 대한 뉴욕타임스의 지나치게 짧은 보도기사 한국일보

2021 신춘문예 희곡 당선 작품집
이정모 · 상자소년 경상일보
신윤주 · 다이브 동아일보
김진희 · 한낮의 유령 매일신문
박세향 · 노을이 너무 예뻐서 부산일보
우솔미 · 블랙 서울신문
임규연 · 삼대 조선일보
박초원 · 어쩔 수 없어 한국극작가협회
이철용 · 사탄동맹 한국일보